秦月荀环

——陆远昭诗词选

陆远昭 著

山西出版传媒集团

山西人民出版社

图书在版编目（CIP）数据

　　岁月留珍:陆远昭诗词选 / 陆远昭著.—太原:山西人民出版社，
2014.8
　　ISBN 978-7-203-08600-0

　　Ⅰ.①岁… Ⅱ.①陆… Ⅲ.①诗词—作品集—中国—
当代 Ⅳ.①I227

　　中国版本图书馆 CIP 数据核字（2014）第 140689 号

岁月留珍:陆远昭诗词选

著　　　者：陆远昭
责任编辑：魏　红
助理编辑：张志杰
装帧设计：王聚金
出　版　者：山西出版传媒集团·山西人民出版社
地　　　址：太原市建设南路 21 号
邮　　　编：030012
发行营销：0351-4922220　4955996　4956039
　　　　　0351-4922127（传真）　　4956038（邮购）
E-mail：sxskcb@163.com　发行部
　　　　　sxskcb@126.com　总编室
网　　　址：www.sxskcb.com
经　销　者：山西出版传媒集团·山西人民出版社
承　印　者：山西省煤炭地质制图印务中心
开　　　本：890mm×1240mm　　1/32
印　　　张：8.25
字　　　数：200 千字
印　　　数：1—600 册
版　　　次：2014 年 8 月　第 1 版
印　　　次：2014 年 8 月　第 1 次印刷
书　　　号：ISBN 978-7-203-08600-0
定　　　价：50.00 元

如有印装质量问题请与本社联系调换

全省煤炭地质工作会议（前排右起阎柄新、陆远昭、何吉祥、潘增武、王学军、王晓立、郑全发、黄琴丽、杨树枫、任拴登）

山西省煤炭地质局编志成员

左起：王治忠、吴俊峰、陆远昭、王宏伟、任拴登、赵梁、李艳红

144 院留影（左起郝凤鸣、王宏伟、阎柄新、陆远昭、孔宪祯、许惠龙、张荣、张学彦、吴俊峰）

114 院钻机留影（右起张荣、任拴登、陆远昭、孔宪祯、阎柄新、王宏伟、许惠龙、吴俊峰）

父亲陆先胜母亲简金娥

母亲和众儿女合影

陆远昭全家福

耀样书院（前排右一陆远昭、唐玉其、王赓民、蒋宗海等）

中南大学合影（前排右三陆远昭、何绍勋、汪诗训、陈国达、黄伯荣等）

王庄战友合影（右起黄中本、陆远昭、苗增泉、史杰、许惠龙、朱君贤、齐昶）

合家下放

岢岚坝王山发现煤　陆远昭摄

岢岚李家坪水井回访
（陆远昭、王义刚、王治中）

桂林胡先丽一家

东安五妹一家（前排右起五妹、又洁、远昭、魏淑梅、谭春林）

兄弟大家庭

作者与小清一家

作者一家与淑桐淑洋两姐妹夫妇太原合影

家清

家洋

陆一宁

张梦华

作者与拉练两家太原合影

首届国际地浬会议专家考查张家界（前排右二陆远昭、后排陈美三）

首届国际地浬会议陆远昭大会发言

中南北京校友合影（前排右起柏兴基、邓定茂、王冠球、陆远昭、谭淑芹、徐山琼、刘俊玲）

太原湘友合影（前排右起欧阳敦华、陆远昭、李健、王昭廷、吴耀祖、张端阳，后排毛月丰、何金生、陈兴雅、刘金华、包淑华、陈常益、肖金友、周善雁、吴昭培、张道银）

平朔露矿开工典礼
（陆远昭和蔡忠信）

科技联谊合影（右起前排王富忠、谭淑芹、陆远昭、萧菁英、黄中本、后排宋儒、武胜忠、鲁荣安、李淑芳、李润兰、赵志怀）

晋城郭壁泉

辛安水文站（前一陆远昭）

矿山石桥拱裂

黄山迎客松作者与老伴

作者神头泉自流孔采水样

霍县采煤后泉水仍自流

长治水源调查（右一陆远昭）

作者与老伴淑芹游美国大西洋

易恢柄为陆远昭八十
大寿献松鹤画联

资江陆家村水库

地质锤敲出来的诗句

——《岁月留珍》序

黄文辛

当年我如果不是招飞入伍,也许会报考地质学院,因为我在中学时最喜欢的一首歌曲就是《勘探队员之歌》:"是那山谷的风,吹动了我们的红旗,是那狂暴的雨,洗刷了我们的帐篷……背起了我们的行装,攀上了层层的高峰。我们满怀无限的希望,为祖国寻找丰富的宝藏。"这首歌唱出了我最向往的人生,五年前,我结识了一位长我十几岁的老勘探队员,他就是长期从事煤炭地质、水文地质、工程环境地质勘探研究和环境影响评价工作的原山西煤炭地质局局长、总工程师、正教授级高工陆远昭先生。耄耋之年的陆老身体健壮,精神矍铄。敦实的身材,炯炯的目光,古铜色的面庞朴实无华。当他那双手和我握紧时,立刻感到一种力量、坚强和热情。

马年到来前夕,他把近几年写的几百首诗稿发到我的电子邮箱,想请我作序。依我之才,何敢担此重任?但他的诗点燃了我旧日的情怀,且盛情难却,只得勉力为之。感想有三点。每点开头,冠以四字,说明主旨,以防跑调。

大才槃槃。《世说新语·赏誉下》刘孝标注引《续晋阳秋》有"大才槃槃谢家安"句。我读了陆远昭的生平介绍和诗稿,也惊叹了一句"大才槃槃陆家昭"。陆先生自幼聪颖,在上小学一年级时,参加了一次两个学校不分班级的学业竞赛，获得了第一名的好成绩。对方高年级的学生不服气，经复试，陆先生还是第一名。后来被破格录取初中插班生，期末考试再次获得第一名。当湖南东安耀祥中学首届高中招生考试时，这位高跳四级的插班生，竟在参加考试的1000多名考生中，又考取了第一名。陆远昭连中状元，绝非仅仅是由于天才，只有天才加勤奋，才成就了他中南矿冶学院毕业来山西后所创造的奇迹。他参与组织了八次会战，查明了山西六大煤田，解决了十大煤基地的水源问题，受到了中央领导的多次接见，并亲自到中南海向总理汇报工作。他的大才还表现在，搞了一辈子的科技工作，到了80多岁，忽然转为舞文弄墨吟咏诗词，而且还出版诗集，这能不令人惊羡吗？

大爱情深。山西这块多情的土地，为人们献出了无限宝藏，同时在这背后，有多少人也为这块土地奉献了青春。陆远昭就是其中之一。他热爱山西这块热土，他在诗中深情地写道："登山知宝藏，敲石识泉深。望海知潮起，观云判雨晴。人生千里眼，耳听万山鸣。谁晓千年事，煤田老少兵。"（《煤田老少兵》）这是多么豪迈的语言，锤子一敲，万山作响，泉水含情，煤海回声。那深埋亿载的秘密全被煤田老少兵识破。陆先生原籍湖南东安，响应祖国召唤来到山西，披风踏雪，越岭攀山，吃着玉米面，喝着小米汤，加之政治风雨的袭击，这一切都没有动摇他扎根山西、报效祖国的决心。当陶鲁笳书记指示专供南方同志每人每月8斤大米时，他感动得热泪盈眶。他把山西作为第二故乡，对这里的一山一石、一草一木充满感情。当然，他也思念南方老家，然而他的乡愁却像家乡大塘水一样清净："辞别家乡六十春，星移斗转百花馨。钟情唯有大塘水，冬去春来一样清"，他把热爱湘晋之情糅合在一起，形成了一种独特的诗风，既有南方的细腻和委婉，也不缺北方的粗犷和豪放。在什么山唱什么歌,在太行、吕梁的大山中有他的生活,有他的足迹,有他的情感。为生活而歌,为情感而歌,这是为诗之要津。

大方无隅。方犹道也,大方,往往是那些识见广博或有专长的人。陆老见多识广,学有专长,是省内乃至全国有名的水文地质专家。所以对他来说,文化领域应该广阔。他自幼受国学熏陶,热爱诗词,但毕竟是专攻理工,对于诗词格律,只是到了80岁以后才有涉猎。由于他刻苦钻研,不耻下问,诗路和思路一打开,便一发不可收拾,似泉水般涌出。他有一首《学诗歌》:"八十人生常揣摩,买台电脑学诗歌。南腔北调四声错,孙笑爷爷笨脑壳。梁灏八十勤发奋,廉颇虽老饭犹多。愚夫立下移山志,仄仄平平日夜磨。"其学诗的执着与认真可见一斑。人们写诗的目的,大凡有三:一为自娱自乐,一为与人交流,一为记录足迹,留给后代。从《岁月留珍》这一标题看,陆老大概倾向后者,但也兼而有之。赋比兴皆有,但赋显多。有些湖南音出韵,改了会以词害意,可以不动。总的看,陆诗语言通俗流畅,意境美轮美奂,气势磅礴且感情细腻,可读性很强。山西是一个产煤大省,在我们享受光明和温暖的时候,不要忘记那些井上井下的劳动者,不要忘记有一批南方人为此而艰苦卓绝地奋斗过,其中有一位老勘探队员为此献出了他美丽的青春年华。最后,我把一首小诗献给这位年近九十的老人:

> 手中紧握定音锤,十万大山听指挥。
>
> 峡谷回旋传曲韵,金屋起舞迎光辉。
>
> 敲开亿载连环锁,破解千重云雾迷。
>
> 墨海银泉流不尽,悠悠往事沁心扉。

2014 年 2 月 1 日于袚庐

岁月留珍自序

    我于1948年参加工作,1954年从三湘来到三晋龙城。长期从事煤炭地质、水文工程、环境地质勘探研究和环境影响评价工作,踏遍神州内外、千山万水,开阔了眼界,拓宽了胸怀。深入大江南北,千矿万井、千钻万孔调查研究,座谈讨论,学习了实践经验,受到了教育。与职工建立了感情。在陪同领导调查、亲向首长汇报的过程中,聆听了亲切教导,受到了深刻教育,学习了工作方法,懂得了领导与群众的鱼水关系。在参与组织八次会战的过程中,得到了锻炼,收获了经验,提高了科技水平,与广大职工一起查明了山西煤炭资源,解决了十大煤炭基地水源和部分山区的缺水难题。先后提交各类报告六十余件,科研论文20多篇,为山西能源基地建设提供了丰富资料和科学依据。

    退休以后,总想把祖国各地、煤炭系统那些可敬可爱、可歌可泣的战友激情,亲友校友和乡友的真情,英雄人物先进事迹和领导对群众的关怀和鱼水深情,以及科研勘探改革开放的典型成果汇编成诗书,传与后人鼓舞人心,为祖国建设事业做出更大贡献。曾编写几部科技专著,现已时近暮年,心有余而力不足,千言万语写不尽。总觉写书文字太长,词难尽意。于是在师兄校友的帮助支持下,涂鸦写诗,字少意广,有利记忆,易入人心。

1

我爱好诗词，但没有学过写诗。读过毛泽东诗词集后，初步懂得诗词的伟大作用。"纤笔一枝谁与似，三千毛瑟精兵"。(《给丁玲同志》)，"宜将剩勇追穷寇，不可沽名学霸王"(《人民解放军占领南京》)。一诗调动百万兵。推翻了三座大山，建立了新中国，一首好诗，真有惊天地泣鬼神，鼓舞人民的巨大作用。

如何写诗？毛泽东说，诗要用形象思维，不能如散文那样直说，所以比兴两法不能不用，赋也可以用(《致陈毅》)。从何下笔？"不是无端悲怨声，直将阅历写成吟"(《龚自珍题红禅室》)。

诗词立意要高，又要讲究韵律平仄。我是南方人，过去没有学过拼音，"南腔北调四声错，孙笑爷爷笨脑壳"。听过唐槐师友评诗和中华诗词名家荐评后，还是没有入门，立意不高，平仄不准，有时为查一字几次翻阅词典，费尽心思，还是词不达意。

几年来，在黄文辛老师和校友李文炎、王朗秋帮助指导下，从鼠年开始涂鸦打油诗，有些诗具有时间代表性，所以按写作时间排序，后附师友赠诗和书信。取名《岁月留珍》。在领导、师兄和亲友鼓舞下，即将付梓。2014年是山西省煤炭地质局成立六十周年和作者九十之年，以此作为大会献礼和留念。

本诗集在编著和付梓过程中，得到了唐槐诗社副社长黄文辛先生的热情帮助指导，并在百忙中为本书作序，李旦初教授为本书题写了书名，郭翔臣先生和师兄们也给予了大力支持和帮助。诗集在山西省煤炭地质局领导的热情关怀指导，资环院领导马云利、段勇和有关同志的热情帮助下才得以付梓。在此向他们表示衷心的感谢。由于作者初学诗词，错误之处不少，敬请师兄亲友批评指正。

陆远昭

2013 年 12 月 16 日

目录

鼠年迎春四首 / 1

母亲水窖 / 2

春游 / 2

赠艾振民校友三首 / 3

虞美人 / 4

长治勘探郎 / 4

冬至雪 / 4

岁月轶事五首 / 5

沁园春两首 / 6

水调歌头·吴志进九十大寿 / 7

救人英雄孟祥斌 / 7

长相思·读陆游诗 / 8

降雪三首 / 8

读讽刺诗有感 / 9

插队四首 / 9

正气撼天地 / 10

献余光 / 10

雏雁展翅 / 11

爱心动天地 / 11

赠勘测队老友 / 11

登岳麓宫有感 / 12

耀祥母校三首 / 12

赠剑玉松仙老友 / 13

中国四条龙 / 13

以德待人 / 13

致家乡亲友 / 14

中南大学校友 / 14

浪淘沙·读《山谷诗苑》/ 14

童年挑牛粪 / 15

大同局煤勘战友 / 15

煤田地质局调查九首 / 15

大庆战友 / 18

东北参观 / 18

浪淘沙·廉政为纲 / 19

浪淘沙·西安兵谏有感 / 19

日寇恨 / 19

采桑子·乡友聚会 / 20

青年路社区医院 / 20

伟大母亲 / 20

忆农田撒石灰 / 21

农事偶感 / 21

水调歌头·读史局长《真诚》有感 / 21

台湾选举有感 / 22

斥拉萨 3.14 暴徒事件 / 22

三晋龙王治水 / 22

西温庄打出温泉井 / 23

榆社深井抽水成功 / 23

清明节 / 23

地质尖兵四宝 / 24

大姐九十寿辰 / 25

纪念父亲诞辰 110 周年 / 25

读余秋雨《借我一生》/ 25

致简永文 / 26

临江仙·全球粮荒 / 26

四川抗震英雄古风七首 / 27

湘友真情两首 / 29

抗洪两首 / 29

采桑子·端阳节 / 30

长治探水四首 / 30

迎亲人三首 / 31

鹧鸪天·伏天五台游 / 32

贺李步禹战友 / 32

矿区改革八首 / 32

悯矿工 / 34

赠煤勘战友三首 / 34

采桑子·心宽 / 35

武陵神游 / 35

三游桂林 / 36

杜鹃花示甥孙女 / 36

鹧鸪天·插队战友 / 36

浪淘沙·赠煤勘总工 / 37

北京奥运会五首 / 37

及时雨 / 38

偶成 / 39

洪洞寻根三首 / 39

采桑子·中秋 / 40

一剪梅·湘友中秋聚会 / 40

一剪梅·读艾振民《南山椿暖》/ 40

鹧鸪天·献爱心 / 41

鹧鸪天·教育儿孙 / 41

浪淘沙·神七发射成功 / 42

赠陈美三及南京中南校友 / 42

笑老伴 / 42

鹧鸪天·三晋老友 / 43

采煤工 / 43

悼战友二首 / 43

鹧鸪天·老友易广文 / 44

千红登科 / 44

赠老友郝满囤 / 45

古风·华山偶感 / 45

浪淘沙·115 功勋院 / 46

伊人泪 / 46

潞安王庄窑洞尖兵四首 / 46

咏改革开放 / 47

英雄撼天地 / 48

煤矿职工 / 48

贺一宁孙 / 48

鹧鸪天·职工改乾坤 / 49

鹧鸪天·太行山隧洞 / 49

水调歌头·龙友聚会 / 49

金融风暴 / 50

忆高考、评职称红线 / 50

赠湘友三首 / 51

尖兵有缘 / 51

咏牛 / 52

忆母亲提水 / 52

金陵传诗 / 52

改乾坤 / 53

参观大寨有感(古风) / 53

家乡感言 / 53

勘探老战友三首 / 54

鹧鸪天·贺淑洋梦月七十寿辰 / 55

鹧鸪天·云冈石佛调查 / 55

鹧鸪天·牛年迎春 / 56

咏晋煤十大基地十首 / 56

鹧鸪天·新思潮 / 59

国庆六十周年(古风) / 59

八十偶感 / 60

贺艾振民《楹联诗词》出版 / 60

尖兵偶感 / 61

上海明珠 / 61

鹧鸪天·煤炭联手 / 61

人工降雪 / 62

煤地龙城战友七首 / 62

读史四首 / 64

擦鞋夫妻 / 65

香蕉情 / 65

咏蔗 / 65

话编史 / 66

咏煤 / 66

赵广正战友 / 66

准弟今昔 / 67

参观太原解放六十年图片展 / 67

一剪梅·观 50 届世乒赛有感 / 67

儿女情五首 / 68

忆往事九首 / 69

赠王满荣及煤田地质专家 / 72

煤田物探专家 / 72

浪淘沙·工大武胜忠各老师 / 72

赠王忠及西山矿局战友 / 73

小孙加油三首 / 73

赠战友校友四首 / 74

六州歌头·咏建党 92 周年 / 75

胆结石 / 76

记荆江分洪 / 76

忆中央领导亲听煤炭汇报 / 76

甘露雨 / 77

清平乐·观弹 / 77

连体婴儿分离有感 / 77

给夏海龙小孙 / 78

观日全食 / 78

平朔露天矿有感 / 79

忆方毅总理科技大会报告 / 79

龙城煤勘战友三首 / 80

李白缝补夫妻 / 81

记台湾"八八"水灾 / 81

粮食喜信 / 81

咏太极拳 / 82

牛年国庆北京参观五首 / 82

水源建队难 / 84

物探建队苦 / 84

陆家村新旧两重天五首 / 85

都江堰 / 86

赏雪二首 / 87

胡锦涛奥巴马会谈 / 87

一剪梅·"学习班"(二首) / 88

陆家村志歌 / 88

赠陆文忠夫妇 / 89

庆祝澳门回归十周年 / 89

水调歌头·赠易广文 / 89

读《中南校友通讯》古风四首 / 90

虎年迎春四首 / 91

杂感四首 / 92

王家岭矿难二首 / 93

玉树地震三首 / 94

悼友人亲人六首 / 95

编志有感 / 96

一秒值千金 / 97

题亲人二首 / 97

北戴河观海 / 98

妇女创乾坤 / 98

壶口瀑布吼千秋 / 98

临江仙·数风流 / 99

鹧鸪天·银色人才 / 99

忆端午节 / 99

煤层气 / 100

赠湘晋战友五首 / 100

太郎孙二十周岁 / 101

家洋梦华天命之年 / 102

纪念七七事变 76 周年 / 102

贺老伴八十寿辰 / 103

雁门隧洞 / 103

赠邹龙呈校友 / 104

塞北金沙滩 / 104

思念远方亲人七首 / 104

一剪梅·大同博士群星 / 106

鹧鸪天·读《山西转型》/ 106

中南校友五首 / 107

舟曲泥石流 / 108

赠 148 院史治国团队 / 109

三晋响雷声 / 109

百岁吟 / 109

怀念父母姐妹七首 / 110

鹧鸪天·鱼水情 / 112

种田娃 / 112

水调歌头·总理知心话 / 113

赠老友周珍 / 113

鹧鸪天·赠国生金花 / 114

鹧鸪天·马路通家乡 / 114

地质尖兵 / 114

观16届亚运会中韩女排决赛 / 115

湘友吴起军 / 115

中国粮食总产突破万亿斤 / 115

兔年迎春二首 / 116

高原行路难 / 116

读黄文辛老师《卧风楼诗稿》有感 / 117

水调歌头·煤矿工人 / 117

两会雷声 / 118

沁园春·庆党九十周年 / 118

读《十二五规划》 / 118

日本九级大地震（古风） / 119

土地歌 / 119

观马琳马龙比赛 / 120

煤田老少兵 / 120

读王朗秋诗词有感 / 120

望子成龙 / 121

世事沧桑 / 121

潞安煤矿数英雄 / 121

忆河津矿难 / 122

奇趣 / 122

游子思 / 123

家乡情 / 123

煤海之歌 / 123

示太郎 / 124

咏牛 / 124

忆赛考三首 / 125

浪淘沙·雪中送炭二首 / 126

竹枝词四首 / 126

文武并举 / 127

女状元李润兰 / 127

赠煤勘总工 / 128

观煤勘战友书画有感 / 128

龙城科技联谊会八首 / 128

鹧鸪天·忆初会 / 130

采桑子·矿工 / 130

一剪梅·地质人员 / 130

钻探职工 / 131

赠淑洋梦月 / 131

赠牛空军及资环院战友 / 131

美国之行 / 132

考验三首 / 132

岁月之歌 / 133

伟人毛泽东 / 133

贺太原知音五首 / 133

读太郎小学毕业论文 / 135

煤地局成立 60 周年 / 135

山西矿区找水古风八首 / 135

开放改革引外援 / 140

擒龙尖兵 / 140

太原汾水又常流 / 140

端阳节有感 / 141

鹧鸪天·嫦娥笑满怀 / 142

龙年高考两首 / 142

鹧鸪天·煤田抢险团队 / 143

微机领头兵 / 143

煤田地质局老局长四首 / 143

喜鹊与人 / 144

说姻缘 / 145

赠苏州战友两首 / 145

太郎牛仔出留洋 / 146

湖南妹子闯煤乡 / 146

一把铁锤寻矿产 / 147

红心向党报中华 / 147

煤炭地质之歌 / 147

忆岢岚插队 / 148

参观刘少奇纪念馆 / 148

参观韶山毛泽东纪念馆 / 149

采桑子·庆重阳 / 149

鹧鸪天·声浩总结有感 / 149

赠校友熊开明夫妇 / 150

团圆梦 / 150

咏云南石林 / 151

读冷光老师诗书选有感 / 151

乐自然 / 151

迎泽公园届菊展四首 / 152

"天宫一号"发射成功有感 / 153

赠陈美三校友 / 153

明镜台 / 153

咏内人 / 154

望子成龙 / 154

读《聂绀弩诗集》有感 / 154

沁园春·煤乡 / 155

浪淘沙·汾水蓝天 / 155

父母心 / 156

兄弟亲 / 156

忆童年农事三首 / 156

赠亲家 / 157

岢岚插队轶事六首 / 158

伍阳煤矿采样轶事 / 159

贺"神八"发射成劝 / 160

手足情 / 160

沈教授放牛 / 160

鹧鸪天·钻头 / 161

龙城新夜两首 / 161

公园新声 / 162

读周珍《路边草》/ 162

贺湖南商会成立 / 163

文房四宝 / 163

采煤工人 / 164

中南母校六十周年有感 / 165

颂雨花石像三首 / 165

改革开放引美金 / 166

沁园春·黄河 / 167

学诗歌 / 167

咏莲 / 168

鹧鸪天·动地诗 / 168

台湾大选马又连任 / 168

长相思·龙年春 / 169

鹧鸪天·龙年闹元宵 / 169

临江仙 / 169

浪淘沙·滨海煤香 / 170

赠湘平 / 170

名山胜地古风七首 / 170

读耀祥校志两首 / 173

龙龙弱冠初度 / 173

无臂英雄刘伟 / 174

一剪梅·勘探郎 / 174

三晋颂 / 174

中南校友二首 / 175

笑开怀 / 175

父子抬梁板 / 176

换新天 / 176

乐小康 / 176

婚庆四首 / 177

美国之行四首 / 178

赠龙城战友六首 / 179

煤矿工人 / 180

晚眺偶感 / 181

赞晋煤地勘通讯 / 181

心宽二首 / 181

临江仙两首 / 182

鹧鸪天·"神九"升空 / 182

功臣未脱贫 / 183

观电视剧《信仰》 / 183

偶感红线多 / 183

神九凯歌还 / 184

攻难关 / 184

读韩非子功名有感 / 184

迎泽公园聚会三首 / 185

薛平贵与王宝钏 / 186

祝陈常益八十大寿 / 186

自乐 / 187

鹧鸪天·梦团圆 / 187

三八钻机 / 187

观奥运乒坛中日女单赛 / 188

编《煤炭勘查志》两首 / 188

雏雁初飞 / 189

悼战友三首 / 189

赠侄孙陆旺 / 190

最美乡村教师 / 190

残手教师马复兴 / 191

鹧鸪天·科技改天地 / 191

铁笔写春秋 / 191

龙年中秋两首 / 192

保卫钓鱼岛三首 / 192

读吴有为《云卷云舒》 / 193

赠亲友五首 / 194

回家感怀古风五首 / 195

读王朗秋诗词 / 196

忆王勃 / 197

献煤田 / 197

中南校友太原聚会 / 197

临江仙 / 198

长相思·兄弟姐妹 / 198

长相思·父母恩 / 198

秦晋歌声 / 199

蛇年元旦 / 199

豆说 / 199

悼亲友三首 / 200

老伴苦寓甜 / 201

家事无为 / 201

赞洪瑶留洋 / 202

兴农重田园 / 202

忆晋辉研究所 / 202

一语暖乾坤 / 203

探拙荆 / 203

赠环保战友 / 203

廉不廉 / 204

神游西藏羊八井 / 204

吴子晔获美洲三冠 / 205

赠邹杨老乡 / 205

清平乐·山乡巨变 / 205

母亲送子上征程 / 206

父亲送子上校园 / 206

陆家村放歌 / 207

忆王竹泉老先生 / 207

四月大雪 / 207

芦山地震 / 208

最美教师高玉华 / 208

鹧鸪天·再读《流年碎影》有感 / 208

双塔贯长虹 / 209

早当家 / 209

学地洼 / 209

自奋蹄 / 210

纪念父亲诞辰 120 周年 / 210

纪念慈母诞辰 118 周年 / 211

忆改革开放 / 211

手足情三首 / 212

贺太郎 22 岁生日 / 213

煤地局、勘查院参观十首 / 213

颂勘查院成立 19 周年 / 216

夕阳美 / 216

颂航天员王亚平 / 216

"神十"航天员 / 217

山村胜天堂 / 217

养生歌 / 218

陆家三朵金花 / 218

清江同志 / 218

鹧鸪天·团圆 / 219

贺唐槐诗社成立十周年 / 219

一剪梅·女排闹复兴 / 219

五旗岭风光 / 220

颂煤矿职工 / 220

湖楼胜地参观五首 / 220

贺文秀洪晓宁新婚 / 222

勘探尖兵忙 / 222

迎泽 22 届菊展杂感 / 222

晨练 / 223

赠煤勘老战友二首 / 223

一剪梅两首 / 224

九十抒怀 / 224

新桃园赋 / 225

割尾巴 / 226

谭甜酒 / 226

悼战友亲人三首 / 227

一件衣百人心 / 228

赞双胞姊妹 / 228

怀念岳母 / 229

一剪梅·赠老伴 83 岁生日 / 229

贺志怀小湘天命年 / 230

读《唐槐诗选》有感 / 230

一字亿万元 / 230

"嫦娥三号"落月成功 / 231

赠煤勘战友六首 / 231

贺太原联谊会成立 14 周年 / 233

致家乡侄甥 / 233

步李老师诗国长城韵 / 233

附:李旦初老师原诗 / 234

师兄亲友赠诗 / 234

师兄亲友来信 / 238

鼠年迎春四首

元旦

炮声震醒眼难开,铁马金戈似梦来。

世界和平乃众愿,天涯何事又枪灾。

四方电话贺新岁,中外亲朋报喜还。

四海五湖歌盛世,鼠年处处百花苔。

成事靠八方

人成一事靠八方,邻里亲朋互相帮。

万险千难紧跟党,狂风暴雨不迷航。

杨君首导干革命,首长双肩压大梁。

学校良师教科技,师兄引俺入诗堂。

笑财迷

劝君莫做守财迷,眼见分文爱在心。

名利钱财如粪土,健康仁义值千金。

人生梦想百年春,四戒九思有益身。

保护青山长久在,春来自有百花生。

天生万物养人健,地育千金富万民。

花好月圆须享乐,莫待花落空悲春。

惜阴

天生万物懂惜阴,分秒时间值万金。
自古人生知奋进,花开花落几秋春。

母亲水窖

滴水汇流成大海,爱心行动撼山河。
每人奉献一丝爱,天上人间欢乐多。

春游

几度同人去踏青,凤飞蝶舞百花新。
樵云歌唱白毛女,牛仔狂欢扮大春。
海誓山盟永相爱,天翻地覆共一生。
谁知一夜暴风雨,棒打鸳鸯南北分。
人生最贵少年春,乘兴花红去踏青。
百鸟枝头寻偶友,千蝶花上觅知音。
牛郎织女同欢笑,绿叶红花结一心。
携手并肩同奋进,春宵一刻值千金。

赠艾振民校友三首

水调歌头

同饮湘江水,母校共三年。满腔热血如火,矢志闹身翻。不管狂风暴雨,火海刀山地陷,生死永冲前。只要青山在,永远战三山。

风云变,天地转,鼓锣喧。雄师百万南下,奋勇打江山,人有悲欢爱恶,事有曲直难辩,自古亦皆然。今贺八十寿,百岁共婵娟。

浪淘沙·忆农会挥鞭

旭日照山川,热浪掀山。红旗高举五星艳,两减三反迎解放,地覆天翻。　　往事五十年,农会执鞭。三湘大地起云烟。北战南征传喜信,舜日尧天。

和振民八十抒怀

天降人生美梦频,千山万水绕郴城。

红颜投笔为革命,白首常怀报国情。

矢志不移抒正气,丹心一片照汗青。

一身正气八十寿,两袖清风乐太平。

虞美人

红花绿叶满山俏,美梦知多少,童年岭上唱山歌,山鸣谷应鸟对牧童和。 青云壮志今犹在,两鬓霜华盖,问君还有几多愁,无虑无忧歌赋吟春秋。

长治勘探郎

太行山下水流芳,长治南来勘探郎。
绿女红男常相伴,红心似火梦黄粱。
牛郎无意鸳鸯对,织女有心伴凤凰。
南雁真情眷恋苦,湘君何苦负心郎。

冬至雪

天空降白银,百姓共欢欣。
空气清新爽,阳光益健身。
俗言冬至雪,国泰万民新。
盛世春光美,统一两岸心。

岁月轶事五首

九十感言

九十年华感慨深,酸甜苦辣集一身。
家乡轶事写成韵,传与后人评古今。

童年

童年随父事农耕,涉水爬山忙不停。
沐雨栉风拾粪草,披星戴露荷锄行。
梦想读书总不成,家无四宝难登门。
农忙四季事田野,学靠三余投塾庭。
放牧负薪书捎带,月光映雪念三经。
耕田野地常背句,坐立寝食温故新。

少年

少年有志离山村,大米咸菜上征程。
铁杵磨针终有报,"三无"考入耀祥门。
三年功课一年赶,一秒时间胜三分。
榜首奖金全免费,求学自此始开心。
寒窗背读历艰苦,毕业舌耕暂度生。
一夜风云天地变,红旗高举闹翻身。
三湘组建农民会,誓为农奴鸣不平。
两减三反迎解放,同心推倒蒋白军。

壮年

煤炭尖兵正起航,乘风破浪战煤乡。

三年困难瓜菜代,十载文革红帽香。

三九农村受锻炼,三春劳动事田庄。

风雷一阵惊天地,开放改革致富康。

百万矿工同采矿,山摇地动放歌声。

长城内外煤如海,万户千家喜笑眉。

煤炭能源流四海,五洲商海引资金。

黄河两岸山川变,盘古开天日月新。

晚年

八十牛仔出国行,跨海越山进美门。

纽约白宫尝可乐,西洋航母探奇新。

全球风景多观遍,三晋资湘别有名。

天宝物华山水艳,人杰地美育能人。

征程回首九十春,弹指青丝白发眉。

欣喜健康春尚在,诗词歌赋写人生。

天涯海角寻仙境,塞北江南探幽径。

踏遍江山人未老,桑榆依旧献红心。

沁园春两首

抗洪精神

暴雨南乡,水漫四方,洪魔疯狂。望江河泛滥,五湖溢荡:激流恶浪,滚滚三湘。上下奔腾,山川阻挡。地淹房塌人遭殃。党中央,令三军奋战,口吞长江。 抗洪抢险堤防,建人墙军民同保岗。人在堤防在,移山倒海,铜墙铁壁,斩断汪洋。锁住三江,军民奋战,缚住苍龙锁库房。抬头望,问古今魔鬼,谁敢嚣张。

煤郎

大地洪荒,四野茫茫,三晋风光。望黄河上下,尧舜禹汤:清平世界,天下安康。太行吕梁,三关战将,保卫国家万代扬。观今古,论万年人物,首数炎黄。 红旗三晋飘扬,引天下英雄日夜忙。探千山煤海,万川宝藏,资源遍地,金玉飘香。四海投资,五洲开放,谁有能源谁富强。今回首,数英雄人物,应有煤郎。

水调歌头·吴志进九十大寿

同饮家乡水,又食大塘鱼。童小开蒙同读,子曰人之初。不管严寒酷暑,赤足往来同路,耕读两不误。穷苦农民仔:梦想翻身乎? 牛年曙,东方亮,太阳出。红旗插遍南北,天地大翻覆。君往粤桂参干,吾走长城探矿,为国献宏图。风雨九十寿,天地共祝福。

救人英雄孟祥斌

军人浩气撼天地,生死关头为庶民。

伟大长城千载在,天涯何处不安宁。
一女轻生跳水淹,人民生死大于天。
两军拼命救生死,遗恨祥斌守青山。

长相思·读陆游诗

探煤田、钻书园。满地金书值万钱,千年用不完。
爬高山,走险滩。踏遍长城战地天,五洲献能源。

降雪三首

连降瑞雪

瑞雪纷飞迎大寒,莺歌燕舞又一年。
老人谈笑古今事,小少滑冰戏乐玩。
商贾乘机牟暴利,农民挥汗战田园。
神州十亿同心战,温饱钱余万民安。

浪淘沙·雪灾

暴雪下江南,冰冻山川。电停路堵房塌坍,百载未逢奇怪事,今古灾年。　　百姓受饥寒,四海难安,总理亲自察南天。十亿军民同抗雪,民命关天。

抗雪灾英雄

暴雪冰封大地寒,人民生命大于天。
抗灾抢险忘生死,刀剑冰塔冲上巅。

风动塔摇一瞬间,英雄鲜血洒山川。
人民总理来悼念,抗雪英雄万代传。

读讽刺诗有感

挥毫如剑舞春风,刺虎屠虫字句攻。
狐鼠依然仓内卧,为何不怕众诗翁。

插队四首

忆秦娥·宁武关

朔风啸,芦山狐叫豺狼嗥。豺狼嗥,犬声咽咽,孩童静悄。
三关道上人声悄,今朝下放农村到。牛羊叫,鸡鸣犬跳,山欢人笑。

百家饭

千家万户察民情,言语饭菜知内心。
天下人间酸苦泪,为官亲访有几人。

赠岢岚老干部
老区干部重真诚，一片丹心为庶民。
万险千难无所惧，满腔热血献忠心。

插队干部约会
岢岚队友会龙城，笑语欢声贺鼠春。
导弹雷声犹在耳，牛羊和唱令人迷。

青丝田野弃轩冕，白首书山卧绿荫。
盛世欣逢天下美，挥毫泼墨表忠心。

正气撼天地

暴雪江南灾难频，冰灾三断系民心。
英雄四气撼天地，众志成城泣鬼神。
地陷山塌人手垫，天塔倒下重扶平。
一身冻馁战灾害，热血沸腾化雪冰。

献余光

人生难得有闲凉，梦幻神州走一场。
寻访九州诗圣地，调查五岳百金床。

旁人不解其中乐,笑谓偷闲老小狂。
蜡炬燃光终有尽,夕阳七彩献余光。

雏雁展翅

小雏展翅急飞翔,万里鹏程又起航。
尝胆卧薪炼铁翼,乘云破雾跨西洋。
枕书待旦攻科技,刺股悬梁背律章。
铁杵磨针总有用,龙门不跳不回乡。

爱心动天地

高山流水遇真情,顽石心知也化金。
深爱情书动天地,植人感动又复生。

赠勘测队老友

煤海相逢在潞滨,同舟共济当尖兵。
登山下放同风雨,揭地测天献赤心。

登岳麓宫有感

岳麓书园冠九州,洞庭天下数风流。
贾屈骚赋千秋颂,毛刘翻天万世讴。

耀祥母校三首

贺耀祥母校 70 周年
舜王山水育英雄,凤岭书园抵主流。
桃李栋梁满天下,风流人物誉九州。

教育要创新
教育改革要创新,耀祥开放第一春。
考分学力定升降,有利书生跳龙门。

耀祥校友
凤岭东山龙井甜,耀祥师友志凌天,
三湘四水耕田地,三晋六田探水源。
身在长城为煤海,心随南雁到衡山。
满园春色飘天外,白首归田乐晚年。

赠剑玉松仙老友

鼠年梦想会乡音，风雨沧桑万里征。
南镇校园育桃李，天津学府树精英。
三代同心战天地，同舟共济互规箴。
卧薪尝胆六十载，弹指青丝白发生。

中国四条龙

中华大地四条龙，温饱登天有特功。
船弹天宫震日月，衣食五谷冠皇宫。
石油穷帽扔东海，构造地洼气贯虹。
科技攻关致民富，承前启后占高峰。

注：钱学森、袁隆平、李四光、陈国达为"四龙"。

以德待人

人逢亲友贵知音，严己宽人不负心。
四海五湖共帮助，天涯海角献真情。

以德对友心别忘,竭虑殚精为庶民。
公正廉明干革命,狂风暴雨不心惊。

致家乡老友

牛年三反卷狂澜,土改风云动地天。
南镇学园育桃李,六区革命为民安。
援朝抗美保边境,众志成城撼泰山。
打虎英雄浩气在,夕阳日下凯歌还。

中南大学校友

沁园词曲震千秋,岳麓英雄冠九州。
揭地掀天开矿产,移山倒海主中流。
地洼学说传天下,科技革新上月球。
岳麓书园雨露润,中南人物谱新遒。

浪淘沙·读《山谷诗苑》

山谷重真情,字句千金。扬清激浊动人心。泼墨挥毫树道义,大快人心。　　诗苑颂当今,传授文明。一诗胜似万千军。反腐倡廉抒正气,誉满乾坤。

童年挑牛粪

肩挑牛粪上山冈,力尽精疲心内慌。
汗水湿身难移步,雨淋四体泪飞扬。
虹消雨霁细思量,贫富根源在哪方。
劳者衣食似牛马,富人金玉胜天堂。

大同局煤勘战友

煤海大同几百年,长城内外采能源。
口泉百矿争先进,燕子四台夺桂冠。
十里云冈名四海,朔州露矿五洲先。
神州中外攻科技,平峒塔山绿化天。

煤田地质局调查九首

序:1987 年,中国煤田地质总局组织四个调查组,作者为中南组组长,对全国各省煤田地质局,选有代表性勘探队、工区、钻机进行重点调查研究,总结勘探经验和存在问题,提出今后样板队的建设方向和标准。调查过程中受到各省局领导的热情招待,特此留念。

河南煤田地质局调查

煤田地质开新道,科技攻关有义方。
晋豫愚公同奋进,王屋太行显金光。
中岳嵩山龄最老,尖山千仞冲天堂。
地壳运动迭三次,五代同堂冠世芳。

湖北煤田地质局调查

滚滚长江日夜流,千秋万代育神龙。
中南战友喜相会,晋楚英才话肺胸。
老友举杯谈天地,翟公摆酒论英雄。
北南联手闯大海,黄鹤乘云下水宫。

广东煤炭地质局调查。

五羊大地决雌雄,革命英雄冠九州。
烈士碑前忆血债,中山浩气震全球。
煤田勘探早开放,经济改革下海游。
更喜转型跨行业,乘风破浪砥中流。

云南煤田地质局考查

自古云南山水优,边陲四季百花稠。
森林异景大象谷,绿女红男竞自由。
大理风光披锦绣,石林岩景数千秋。
诸君壮志春常在,倒海移山壮志酬。

四川煤炭地质局考查

峨眉山顶数公侯，天府人才誉五洲。

诗圣草堂今古颂，武侯忠义炳千秋。

西南地质开新宇，西气东输巧运筹。

开放改革联四海，红心壮志震全球。

湖南煤炭地质局调查

北京南海起雷声，煤炭尖兵调洞庭。

南运北煤试扭转，三湘四水探乌金。

连源煤矿开新页，怀化煤田又返春。

湘晋英雄流血汗，星移物换五湖新。

广西煤炭地质局调查

三姐一生爱自由，桂林山水放歌喉。

横眉权贵以白眼，俯首牛郎甘为囚。

山谷诗词抒正气，柳江百色主沉浮。

桂湘儿女多奇志，不慕官钱与富侯。

贵州行

黔地山川地不平，剑峰漏斗九曲径。

红军奋战金江渡，万里长征举世名。

瀑布暗河满山地，名山梵净好蓬瀛。

尖兵有幸贵阳会，梦想铜仁学长生。

江西行

庐山胜地古今名，千丈飞流下洞庭，

17

八一枪声震天地,井冈一炮定乾坤。
中南有色名国外,岳麓尖兵四海行。
万水千山探宝藏,江南地北立功勋。

大庆战友

荒茫大地探石油,万炮震天查地球。
大庆尖兵洒热血,铁人壮志传千秋。
四严三老创新纪,百井千钻争上游。
万众一心战天地,天涯何事不能求。

东北参观

大阳岛上好风光,镜泊湖中浴火场。
五大连池云气热,故宫博物似金堂。
青山绿水黄金地,工艺冰雕四海扬。
地美人杰浩气壮,物华天宝遍山香。

浪淘沙·廉政为纲

自古论兴亡,廉政为纲。人民慧眼识真钢。得道为民天下定,违者伤亡。　糖弹引人狂,利欲熏扬。贪污腐化梦黄粱。泪斩刘张儆效法,谁敢撞枪。

浪淘沙·西安兵谏有感

秦晋锁咽喉,黄渭东流。帝王将相决雌雄。千载兴亡多少代,谁是真侯。　将帅两同俦,龙虎同谋。西安兵谏五洲讴。可叹英雄失势后,老死笼囚。

日寇恨

天灾人祸降三湘,日寇"三光"实惨伤。
旱死青蛙饿死鼠,人亡尸骨满城墙。
少青捕抓当劳役,老小追杀比试枪。
牢记千秋冤恨债,中华世代打豺狼。

采桑子·乡友聚会

雪灾过后东风起，千里阳光，万岭花香。三晋龙城庆吉祥。
人生最爱乡音嚷，去岁平安，今又欢康。高举金杯谢育刚。

青年路社区医院

千年大树遭虫蛀，百岁人生有病秋。
华鹊祖医无再世，悬壶济世社区优。
大夫妙手诊疑难，护士神针解百愁。
百姓口碑服务好，扶伤救死万民讴。

伟大母亲

日月无私总有阴，高山深海可测清。
母亲光耀照天地，德厚千秋日夜明。

忆农田撒石灰

秧稻初长虫满田，撒灰除草令人难。
全身气孔皆呛塞，四体烫伤全变颜。
一粒粮食千滴汗，半丝半缕万人连。
世人只望衣食美，谁识农民血汗泉。

农事偶感

春种秋收岁月稠，闻风听雨战激流。
枕襄待旦度时月，为有衣食夺丰收。

水调歌头·读史局长《真诚》有感

少有凌云志，跟党打江山。战火枪林弹雨，日夜斗敌顽。煤海山崩地陷，火海刀山水淹，死生冲向前。六月突飞雪，冤沉廿三年。

春雷动、东风起，雪融完。阳光普照大地，四化改革天。踏遍千山万井，煤海能源重战，弹指鬓霜斑。欣喜青山在，三晋苦登攀。

台湾选举有感

台湾选举决雌雄,马胜谢输扁丧终。
逆动潮流必自毙,顺流时代定兴隆。
廉明清正为民利,革故鼎新树正风。
统一中华齐奋进,炎黄儿女本同宗。

斥拉萨 3.14 暴徒事件

拉萨城内起风云,砸打烧杀害万民。
学校焚毁童受害,暴徒血债要还清。

达赖欺国骗藏民,狼子野心露原形。
劫抢烧杀屠无辜,如山铁证血仇明。

三晋龙王治水

禹王治水奠山川,三晋地台水漏完。
十大龙王重治理,四方水总破难关。

穿山建坝蓄洪库,钻井开掘深水渊。
沐雨餐风五十载,山川旱地变鱼田。

西温庄打出温泉井

自古温庄少水源,千年梦想有温泉。
人民宏愿何实现,梦想龙王解水难。
开放改革三十载,科学理论创新天。
温庄打出热源井,水院人才创首篇。

注:2008年1月,煤炭地质水文勘探院在太原西温庄构造带打成1600.88米热水井,水温达53度。

榆社深井抽水成功

晋中勘探决雌雄,抽水超深争一功。
科技攻关传喜信,勇攀煤海最高峰。

清明节

清明佳节白花艳,子女祭扫泪雨连。

乳汁一滴千血汗,鞠躬尽瘁保家安。

炎黄儿女祭陵墓,今岁清明别有天。

四海五湖大开放,文明道德法先贤。

地质尖兵四宝

地质锤

铁锤一响震山川,万水千山探宝源。

南北江山都敲遍,清泉精矿在深田。

地质罗盘

罗盘一放四方明,纬地经天矿产清。

自古科学决胜负,扬鞭催马创乾坤。

放大镜

岩矿成分要探清,山川年龄细查根。

眼观化石查标志,深妙细微放镜明。

地形图

曲线条条通北京,高低路线水山清。

要知矿产在何处,无限风光在地深。

大姐九十寿辰

天降霜冰不觉寒，船翻水淹自攻关。
男尊女卑千年恨，四德三从万载冤。
国破家残鬼子罪，夫亡女夭恨苍天。
欣逢国泰升平日，四世同堂乐晚年。

纪念父亲诞辰 110 周年

光绪羊年降陆村，星移物换百一春。
帝皇时代早成梦，民主共和开创新。
蒋氏独裁全扫尽，倭奴血债快算清。
中华大地全一统，严父九泉请慰心。

读余秋雨《借我一生》

人类至今五千年，是非评价实难言。
去伪存真求实事，天下纵横一线穿。
组队中东探古源，乘车万里走荒山。

死生不顾疑无路，赤县阳光照我还。
人生自古有劫难，人祸天灾两相连。
水火淹烧无所惧，千方转化为平安。
书山小路苦登攀，名利权官不值钱。
仕宦沉浮无所虑，为学成败梦登天。

致简永文

水有源头树有根，神州儿女帝黄孙。
要知成败兴衰事，苦读诗书总有成。
贫苦根源非是命，科学勤奋改乾坤。
愚公立下移山志，黄土何愁不变金。

临江仙·全球粮荒

几度回乡观稻秧，山川不少荒凉。青年打工离家乡。农村多老少，无力事田庄。　　为使城乡少饿殍，枪杆保卫粮仓。灾民遍地闹逃荒。五洲粮不足，百姓怎安康。

四川抗震英雄古风七首

汶川地震

注:2008年5月12日,汶川发生8级地震,波及黔甘陕等十几个省市,中央领导十分重视,温总理第一时间赶赴灾区指挥抢险救人,涌现出很多英雄人物先进事迹。

教师责任重泰山

教师责任重泰山,传道教人解危难。

热血铸成钢铁志,救灾抗震拯人还。

汶川地震一瞬间,地裂山崩冲向前。

两手护人撑天地,为民生死两肩担。

伟大的母爱

母亲恩爱大于天,生死关头心泰然。

跪地弓背支天地,长留浩气在人间。

山摇地动心慌焦,怀抱婴儿往外逃。

头破血流全不顾,舍生忘死为儿曹。

地震发生时,一位母亲在废墟中怀抱婴儿跪地,并在手机上留言:"亲爱的宝贝,如果你能活着,一定要记住我爱你。"母亲遇难后,救援人员从其身下救出婴儿,还在平安睡觉,医护人员在婴儿包内发现手机留言。

万世师表

自古杏坛育圣人,山崩地裂献红心。
一身两手顶天地,万世师表泣鬼神。
轰隆一响山川动,保护学生出校门。
顶住门塌让众跑,老师浩气鬼神惊。

人民总理

地震汶川心相连,灾民生死大于天。
救人总理冲前线,万众一心挽狂澜。

小英雄林浩

自古英雄出少年,中华童子敢搬山。
山崩地裂向前冲,抢救两兄出死关。

伟大民警

父母伤亡心不惊,救人生死秒分争。
一身正气动天地,誓与阎王夺死生。

胡吴联手

地震无情人有情,中华儿女一条根。
同舟共济解危难,血肉心连不裂分。
兄弟亲情比地厚,同胞友谊胜洋深。
胡吴握手兴天下,两岸福星日月新。

湘友真情两首

水调歌头

同饮三湘水,尽是楚乡人。南征北战同行,三晋献青春。南有舜王娥妃,北有尧都禹君,今古蒂根深。鼠夏同欢聚,万语话真情。

东风起,五洲温,百花新。风华正茂,天下联手卫和平。不管天翻地覆,火海刀山敢拼,四海建乾坤。千里真情在,湘晋满园新。

临江仙·湘友仁义

衡雁北飞登太行,红心似火沸扬。长城内外探煤乡。愚公壮志在,三晋百花香。 开放东风吹大地,湘君浩气高昂。蓝天绿海谱新章。三才仁义厚,日月共流芳。

抗洪两首

水调歌头·抗水灾

地震刚稳定,洪水又突来。鼠年风雨频害,天地不和谐。房倒山崩地裂,洪水汹涌泛滥,人物遭毁坏。万众同心战,牵住龙王腮。 红旗舞,三军奋,五湖开。抗洪抢险救灾,直指两江淮。众志成城前进,斩断洪魔身手,矢志除害胎。十亿英雄在,天不会塌台。

浪淘沙·抗洪

地震初抚平,暴雨突临。两灾惨烈害人群。水淹山崩无所畏,拯救人民。　　患难献真情,万众一心。天翻地覆当尖兵,十亿军民同奋进,再建新春。

采桑子·端阳节

龙舟竞赛鼓擂响,纪念端阳,今吊灾亡。天府湘江两泪汪。鼠年大地多风浪,冰雪疯狂,地震国殇。多难兴邦壮志昂。

长治探水四首

长治苦水变甜泉

长治千年苦水滩,人民五味口难言。
尖兵找到岩溶水,端氏神农大笑甜。

权店水库

山西煤炭奠基人,水利创新开路兵。
水坝选择断裂带,泰山稳坐五十春。

晋城探水源

高平会战动山川,煤炭兰花举世传。

书院凤凰难展翅，王台王报困登天。

马山有水难解渴，郭壁丹河引上难。

就地开掘岩水井，矿山自立谱新篇。

晋城郭壁泉

晋矿千方找水源，太行发现郭壁泉。

飞流直下八千尺，帘洞银河落九天。

迎亲人三首

浣溪沙

大庆亲人酷暑来，多年梦想喜开怀。五十风雨论英才。

莫道夕阳天色晚，彩霞依旧照书斋。乘风破浪创新台。

淮弟金环娣

少年有志恋油田，立地顶天战草原。

暴雨狂风炼筋骨，冰天雪地砺心宽。

寒日风沙伴人走，暑夜星光照我还。

斗转星移五十载，红颜白发凯歌传。

大庆油田开路人，荒原会战献青春。

翻天覆地山川变，经济腾飞百样新。

大庆铁人创新业，百湖万井又新生。

科学勘探走国外，经济高速冠众星。

鹧鸪天·伏天五台游

伏天细雨五台游，圣地佛光照九州。信女善男虔敬拜，童心老翁信风流。　　贤小妹，语心谋。甘为后代作马牛。金钱名利似砂土，只愿百年乐白头。

贺李步禹战友

诗词书法上碑林，奥运精神万古名。
满腹珠玑誉三晋，匠心挥笔两冠军。

矿区改革八首

鹧鸪天·潞安综采破天门

三晋潞安开放春，神州中外有名声。移山倒海开天地，地美人杰万事新。　　开放后，改革新，一台综采破天门。香煤一次采全厚，生产安全夺冠军。

文王山找水

文王山下探岩泉，中外专家两断言。

胜地奥灰全没水，子孙别再费时钱。

今朝吴陆敢翻案，再探庐山真面颜。

一孔查明溶洞水，清泉滚滚满山川。

鹧鸪天·晋城新春

　　自古高平为战城，晋城煤海举世闻。凤凰书院飞世界，町店潘庄换新经。　　先采气，再开煤。安全生产定人心。乌金煤气双前进，今日科学创万能。

汾阳名城

久慕汾阳武王城，千山万水令人迷。

芙蓉蓓蕾香山野，菊蕊绯红染美林。

李白诗仙寻杏酒，胡兰手指柳林村。

吕梁开放山河变，酒不醉人煤迷人。

鹧鸪天·大同塔山

　　煤海大同几百春，职工十万献乌金。汗流塞北汇成海，心系江南万户春。　　新世纪，创新经，塔山平峒改革新。矸石发电渣烧泥，煤海无尘日月新。

鹧鸪天·平朔露天

　　平鲁煤田满山川，美中联手开露天。采煤自动甲天下，开放改革第一篇。　　新时代，重科研。春风万里绿荒原。联合井露开新矿，煤海英雄撼地山。

霍州矿区探险

霍州陷落满天星，带压开采忧患深。
独有蛟龙敢下海，更无猛虎怕泉淋。
下庄探险开深部，辛置泉边采水涔。
更喜白龙海下采，安全生产世闻名。

轩岗改革

岩溶马圈水中窝，构造复杂密如梭。
煤质灰高热值少，改革发电唱新歌。

悯矿工

披星戴月奔山冈，井下采煤分秒忙。
井上乌金堆满地，不如歌女嘴一张。

赠煤勘战友三首

新棣秉清战友

苏市一枝茉莉花，香飘万里到天涯。
吕梁人见心花放，槐树为煤落棣家。
一把钢枪肩上扛，英姿飒爽披彩霞。
龙城打靶令人醉，胜利凯歌大众夸。

赠朱金媛

姑苏城内小菊香，千里飘移到北疆。

煤海山花千万朵，不如菊叶吐芬芳。

鹧鸪天·刘秀秋荣芷

自古人生几十年，五湖四海探江山。台风地震心不怕，海角天涯玩一圈。　　东北妹，志刚坚。全家三病自承担。舞歌家务都无误，潇洒生活胜大仙。

采桑子·心宽

水流花谢两心连，似水流年，如日经天。明月照人庆梦圆。人生似梦来人间，贫贱心宽，富贵勿贪。潇洒神仙乐百年。

武陵神游

伏月神游到武陵，天门紫气满山林。

金鞭天柱点头笑，云海金龟令客迷。

要塞森林蔽天日，黄龙洞里会仙宾。

天堂夫妻永亲吻，苗妹歌声动客情。

三游桂林

桂林几度水山游,山变人新眼发愁。
开放改革换天地,江南三姐数风流。
横眉权贵仰天笑,俯首牛郎甘为囚。
为爱真诚流热血,刀山火海不回头。

杜鹃花示甥孙女

楚湘美丽杜鹃花,锁在深闺难发芽。
一举首登龙虎榜,十年身带凤凰塔。
顶风逆水勇前闯,跨岭穿山奔海涯。
巾帼英雄多壮志,诗词清照万年夸。

鹧鸪天·插队战友

　　自古人生有苦经,农村插队事犹新。高粱玉菱伴冬夜,苦菜葱头度夏春。　　安小妹,闹翻身,骑车百里找窍门。买箱萝卜当作宝,三载风霜数不清。

浪淘沙·赠煤勘总工

年少志凌云,勘探煤金。掀山揭地不惜身。寒暑沧桑日夜战,天地知心。　　白首为公民,几度风云。老年余热又征程。汗水东流成大海,三晋尖兵。

北京奥运会五首

浪淘沙·迎奥运

奥运开北京,天下同心。五洲首脑共亲临。四海健儿拼比赛,勇夺冠军。　　百载梦成真,苦战八春。水方科技鸟巢新,各路英雄同荟萃,揽月摘星。

奥运开幕式

中华历史五千年,燧氏火源奥运传。
四大发明展科技,五经理论育英贤。
丝茶陆海开商道,书法剑拳世代延。
世界英雄决胜负,中华友谊大于天。

鹧鸪天·举重冠军

巾帼神州多俊良,古今四海比群芳。诗词才子李清照,武氏则

37

天一代王。　　京奥运，两姑娘，敢与世界比高强。双人打破三纪录，力挺珠峰赛五洋。

注：刘春红、曹磊两人在48公斤和75公斤级举重中打破三项新纪录。

金牌二十双

伏天一夜雨，天气变秋凉。

奥运传佳讯，金牌二十双。

男儿破纪录，女子创新章。

时代同一样，双双争冠王。

一剪梅·中国女排

天下五环起风云，女子排坛，谁主浮沉。中国六届夺冠军，打遍全球，独占乾坤。　　今夏北京奥运村，四海精英，强手如林。女排今日败北京。成败郎平，何日翻身。

注：24年前美国女排被以郎平为首的中国队打败。今在郎平教练领导下，美国打败中国队，值得研究。

及时雨

暑天甘露雨，热浪转清凉。

老少心高兴，农民喜欲狂。

丰收有保证，灾地解粮荒。

天地人和一，人工降雨忙。

偶成

黎明出苑门,星月伴人行。
诗咏两三句,子曰三五声。
游园几百步,太极四八经。
庄子逍遥派,神仙度晚生。

洪洞寻根三首

登洪洞飞虹塔

飞虹塔上彩云浮,万里江山一望收。
尧庙千秋树正气,霍泉万代激浊流。
神州法纪治天地,黎庶文明传五洲。
清正廉明新社会,天涯何处有忧愁。

鹧鸪天·大槐树寻根

水有源头树有根,人生自古有宗亲。老家久问在何处,梦想百年未解谜。　　洪洞县,探深根,炎黄后裔底细清。宣王有子名陆通,封邑山东世代根。

注:陆通字季达,为齐宣王之子,因受封于平原陆乡(今山东平原县陆乡),从此子孙以陆为姓氏。

39

鹧鸪天·致战友

头戴星天披彩霞，钻机一响乐开花。一杯浊酒霍州会。三唱苏三洪洞家。　　五十载，探煤娃，丹心一片献中华。吕梁太岳战煤海，汗洒黄河卷浪花。

采桑子·中秋

天高云淡秋风爽，满地花香，瓜果红黄。自古中秋明月光。人生几度搏风浪，年少书狂。壮岁奔忙。荏苒青丝两鬓霜。

一剪梅·湘友中秋聚会

塞北秋风大地凉，红叶飘香，明月清光。长城内外为煤忙。汗洒三江，为献煤粮。　　佳节中秋又重阳，南雁思乡，梦想高堂。晋湘亲友聚平阳。畅叙衷肠，共贺安康。

一剪梅·读艾振民《南山椿暖》

鸿雁传书到北方。千里情深，万里水长。南山椿暖百花香。五岳增馨，湘晋飘芳。　　自古郴州翰墨芳。周爱莲花，韩喜文章。

湘南红色会井冈。地覆天翻,日月同光。

鹧鸪天·献爱心

千山万钻探乌金,刀割拉运出地心。粉身碎骨心甘愿,甘为矿山栽富根。　　开拓者,矿山兵。移山掘井探矿层。查明煤炭遍三晋,乐为五洲献爱心。

鹧鸪天·教育儿孙

自古儿童好玩心,喜学多动本天真。燕山教子育儿乐,孟母三迁助子兴。　　两孙子,喜追根,新生事物爱揭秘。学习不慎出差错,父母传帮查问根。

人要谨言慎于行,好心感动人一生。箴言一句三冬暖,恶语一言刺疼心。　　为父母,做亲人,时刻培育小童心,千方百计多引导,怒斥会招反逆情。

浪淘沙·神七发射成功

神七上青天,日月同欢。牛郎织女庆团圆。月里嫦娥迎贵客,携手人间。 天上几千年,寂寞寡言。吴刚桂酒已涩酸。今日回家圆美梦,天地同欢。

赠陈美三及南京中南校友

岳麓同窗橘子甜,武陵妙语动山川。
金陵倩影春花美,千里笑声乐百年。

笑老伴

树高千丈叶根宽,人老心红志更坚。
泼墨书山自找乐,知心话语比蜜甜。
装聋作哑吟佳句,如醉似痴涂鸦篇。
老伴不知心里喜,经常笑骂令昏天。

鹧鸪天·三晋老友

三线相逢勘探郎,龙城大战共煤乡。切磋找水成知己,北地南山日夜忙。　　忆往事,战山乡,为国抗日打鬼狼。艰苦拼搏八十载,八路精神永发扬。

采煤工

矿工井下采乌金,一块煤核汗一身。
人间只知光电暖,谁识煤海血沾襟。

悼战友二首

挽孙伯乐

资江山水育鸿儒,伯乐胸装万卷书。
岳麓中南攻地质,三湘探宝展宏图。
出师不利遭风雨,战地雪霜满地铺。
壮志未酬乘鹤去,一身浩气仍纠夫。

挽沈宝郎老友

沪雁北飞一水兵，山西煤海献青春。

吕梁霍市寻煤炭，太行西山找水星。

戴月餐冰不觉苦，牛棚山洞乐安身。

终酬壮志西游去，三晋光辉照沪滨。

鹧鸪天·老友易广文

沅水黄牛永向前，广文天地探能源。晋湘煤海酬壮志，怀化田园抒诗鞭。　　从别后，梦重圆，诗词电话颂新天。倡廉反腐歌盛世，百岁举杯再赋篇。

千红登科

资水陆家有凤凰，深谋远虑育栋梁。

十年书院千般苦，八载攻关五味香。

雪地冰天炼精气，红花绿叶吐芬芳。

巾帼三湘多壮志，五子登科誉五羊。

赠老友郝满囤

晋南大地育英雄,破浪乘风探地宫。
太岳矿山显身手,能源基地献神通。
河东勘探焦煤种,沁水煤田探气功。
一片丹心为煤海,挥毫泼墨画龙虫。

古风·华山偶感

西岳峥嵘耸云端,三峰壁立少人攀。
莲花掌上八仙舞,玉女峰前百鸟旋。
自古华山一条道,猿猴欲度也愁难。
欣逢索道驾空建,破雾乘风云海玩。
华山自古锁秦关,万里黄河东护边。
无道秦皇丧天下,有章汉帝定江山。
唐皇迷妃马嵬恨,兵谏张杨乱蒋天。
自古人心不可侮,风流人物传千年。

浪淘沙·115 功勋院

煤矿奠基人,三晋尖兵。千山万水探乌金。三晋三湘同奋战,南北功勋。　　往事五十春,壮志凌云。长城内外献丹心。汗水融冰化春雨,万物苏生。

伊人泪

煤炭尖兵跑万山,长征万里几时还。

伊人枕上千滴泪,洒入黄河水变咸。

潞安王庄窑洞尖兵四首

赠窑洞老战友

王庄窑洞聚尖兵,钻地开山探宝金。

众志一心寻煤水,无私奋斗献青春。

专家学者攻科技,黎庶工农奋力拼。

万马千军同奋战,五湖四海送光明。

赠女战友

巾帼英雄八朵花,英姿潇洒令人夸。

伊人眼动媚人笑,窑洞挥臂创暖家。

敢想精干闯天下,移山填海抱金娃。

神州大地都踏遍,乐为儿孙走天涯。

鹧鸪天·赠吴宗明及潞安战友

南北逢缘会潞安,千山万岭共登攀。长城内外煤如海,太岳东西水变甜。　　五十载,探能源,丹心血汗献煤山。诸君壮志酬三晋,战友红心乐百年。

王庄老友聚会

战友欣逢聚太原,登山渡水探资源。

黄河南北探煤宝,秦岭东西找铁山。

南运北煤逆风转,东输西气动山川。

红颜壮志献湘晋,白首丹心不下肩。

咏改革开放

开放东风吹海边,神州大地换新颜。

西贫东富互联袂,南水北调济燕山。

川气东输暖北地,三峡发电照江南。

农民减免田粮税,盘古开天第一篇。

英雄撼天地

冰雪天灾春发难,汶川地震夏天寒。
万民热血化冰冻,十亿英雄撼地川。
奥运百年圆一梦,航天神七迈青天。
五洲昂首仰天笑,华夏人民撼泰山。

煤矿职工

煤矿职工历苦辛,震天动地采乌金。
千山万井汗成海,赤子红心献北京。

贺一宁孙

西方电话报佳音,美校改革又创新。
高考文凭不计较,考分学力定乾坤。

鹧鸪天·职工改乾坤

　　娘子把关涸死兵,水流地下静无声。英雄不谙龙宫事,泪洒太行传古今。　　新技术,探煤兵,精心勘探岩溶层。阳泉开发清泉水,煤矿职工改乾坤。

鹧鸪天·太行山隧洞

　　晋冀太行高耸天,愚公世代要移山。改革开放创新页,隧洞直穿到燕山。　　从京燕,到高原,山川千里三时还。科学发展改天地,大圣一观眼发酸。

水调歌头·龙友聚会

　　同饮黄河水,共战太行山。龙城千里相会,壮志凌云天。苦战高寒酷暑,山塌地陷房淹,勇往冲向前。只要青山在,协力探资源。
　　吕梁北,五台巅,雁门关。踏遍千山万水,日夜同挥鞭。万寨引黄入晋,太旧穿山进燕,科技猛攻关。煤海六十载,龙王战地天。

金融风暴

金融风暴袭全球,经济高潮狂落沟。
国际集团频倒闭,天涯何处不霜秋。

忆高考、评职称红线

开放改革第一春,全国高考又招生。
金兰试笔同参考,评卷凭分定榜名。
笔误一分三秩恨,红灯红线万难行。
三十春夏一场梦,天命攀登学府门。
职称评定卡关严,朝里无人难过关。
大专不准闯红线,大学函授又三年。
牛年一考登龙榜,评定高工又补钱。
高考评职应全面,单凭学历令人寒。

赠湘友三首

陈湘平闯商海

南雁北来壮志刚，长城内外拓新航。
红心创业闯商海，白手成家开大堂。
五味人生一口咽，三风血雨两肩扛。
功夫不负苦心汉，春色满园遍地香。

鹧鸪天·三湘老友

湘雁北飞山路难，乡情缱绻蜜情甜。红心壮志献三晋，自首夕阳绘矿田。　天地大，五洲宽，人生万事如云烟。欣逢盛世阳光好，潇洒安康度百年。

谌和平乡友

人生自古多风浪，十字当头需导航。
人间真情献点爱，和平道路百花香。

尖兵有缘

人生相聚有前缘，千里相逢蜜意甜。
茶水清心沁肺腑，欢歌笑语润心田。

红颜煤海战天地,白首书山汇史篇。
六十春秋犹似梦,天涯何处不欢颜。

咏牛

牛年奋力闹春耕,风雨鞭笞汗一身。
负轭耕耘为庶饱,含辛茹苦献精心。
咽糠吃草不知苦,无己为人尽力拼。
雪地风霜度日月,粉身碎骨献一生。

忆母亲提水

常忆母亲提水频,十坡九梯小足行。
全身汗水蹒跚步,常恨人间路不平。

金陵传诗

金陵鸿雁传诗篇,雅颂国风润心田。
久盼程门亲面命,龙城弯月几时圆。

改乾坤

改革开放三十春,物换星移万事新。
众志成城改天地,一国两制统一心。
航天神七惊天地,抗震救灾泣鬼神。
奥运百年圆一梦,日新月异改乾坤。

参观大寨有感(古风)

太行巍巍虎牙关,千军万马苦攻坚。
红军北上驱倭寇,鬼子闻风胆破寒。
娘子双肩挑天地,愚公双手搬三山。
改革开放大寨变,四海五湖闯富关。

家乡感言

中南一令奔三关,揭地掀山探宝源。
人在北国金海地,心随南雁到湘园。
春巢老燕迷失路,大厦高楼满地山。

常忆乡亲恩爱重，心中难忘衔珠还。

勘探老战友三首

洪如月曹照垣老战友

洪肥曹瘦蜜情甜，如月花容笑照垣。
三晋潞安绘采矿，芙蓉怀化探金田。
牛郎织女鹊桥会，飞渡天坛紫竹园。
苦织勤耕天地美，夫妻恩爱乐天年。

黄中本、王华战友八十寿辰

桂晋姻缘一线穿，牛郎织女探资源。
东山潞晋传捷报，西岳霍汾谱首篇。
灵县攻关下马水，太原打出自流泉。
翁媪三笑八十寿，白首夕阳红满天。

赠郭佩霞及三八组战友

忆昔三晋探能源，似火青春红遍山。
一柄钢锤打天下，双肩顶起半边天。
长城内外探煤海，太行东西找水泉。
斗转星移六十载，能源基地换山川。

鹧鸪天·贺淑洋梦月七十寿辰

洋凤高飞到昆明，为修铁路保国门。长龙万里通天下，南北东西连北京。　　谈梦月，话淑星，西南风景令人迷，千山柏柳椿楦茂，七秩夕阳胜似春。

鹧鸪天·云冈石佛调查

塞北云冈举世名，佛门圣地洗俗尘。法国总统来朝拜，总理亲言佛洗尘。　　佛有损，要修身，腐蚀变化找原因。路煤风雨须改正，为保佛身万世宁。

佛教大师讲圣经，菩提树下生佛身。

纵观天下不平事，舍己为人救难民。

天下人生要行善，修身养性洗凡心。

种瓜种豆终当报，莫问时间迟早临。

注：1973年9月15日，周恩来总理陪同法国总统蓬皮杜来到大同朝拜云冈石佛，看见佛身有风化损坏现象，法总统提出要修复。接着周总理把任务交给山西省韩英同志，韩立即指示煤炭化工局和文化局等，尽快组织有关专家调查研究，提出维修办法。经有关局领导研究，组织以陆远昭为主的调查组，前往云岗深入调查近20天。经过采用地质地震物探方法综合调查，写出调查报告，提出石窟保护范围、煤矿开采界线和公路改道等建议报国务院，至1993年公路改道完成。

鹧鸪天·牛年迎春

一

经济危机辞旧岁,歌声牛气迎新春。五洲四海同协力,红线前头就绿灯。　　挺起背,向前行,神州十亿扛天兵。人人多洒一身汗,黄土石沙也变金。

二

世事沧桑风雨频,天灾地震总难停。冰灾水患刚经过,经济危机又突临。　　天地变,万山新,五洲四海同一心,并肩携手顶风浪,美好春天万物新。

咏晋煤十大基地十首

大同煤海歌

大同世界久闻名,梦想千年不见痕。
战火纷飞灾难苦,妻离子散去逃生。
春雷一响中华变,十万矿工做主人。
开发能源一亿吨,满腔热血献乌金。
侏罗煤炭甲天下,十里塔山环保新。
高热低灰名四海,五洲商贾挤盈门。

平朔一首歌

平朔传说一首歌,野狼兔子跑山峨。

朔风怒号名中外,土豆野菜莜面窝。

开放改革山地变,美中合作改山河。

采煤洗选科学化,销运载装一链索。

平鲁乌金遍山地,安家露矿满山坡。

人民日夜开口笑,黎庶每天白面馍。

百丈高楼顶天地,洋人万里打工多。

鹧鸪天·平朔轩岗换新春

宁武三关天下闻,杨家世代保国臣。英雄战地洒鲜血,为保江山地下金。　春雷动,万山新,人民奋发探金银。露天平朔掀山地,煤电轩岗又换春。

霍州写春秋

山西汾水贯中流,霍市衙门第一州。

煤水同开歌盛世,中罗合作写春秋。

白龙下海翻天地,圣佛下山无水愁。

煤炭英雄多智慧,科学试验五洲讴。

潞安、晋城谱大章

忆昔上党战兵场,千古兴亡民遭殃。

古战高平白骨垒,百团大战打豺狼。

煤田开采名中外,矿井乌金遍地香。

综采潞安通天地,无烟阳晋顶喷钢。

科学发展传佳讯,煤水综合谱大章。

煤气安全两开采,神农端氏笑声扬。

南乡子·数煤乡

天下数煤乡,三晋乌金遍地香。煤炭资源一万亿,称王。四海客商梦晋阳。 十万探煤郎,百万工人采运忙。万井千山煤似海,风光。致富兴邦喜气扬。

赠吕梁焦煤公司、大土河矿

黄河滚滚满山金,煤炭资源世有名。

主焦低灰胜焦炭,钢花飞舞满天星。

两肩担起吕梁岭,双手推出致富根。

一片丹心为煤海,山区日月换新春。

注:大土河矿是贾承亮一双手一辆平车推出来的。

西山主焦世闻名

西山主焦世闻名,中外专家梦寐寻。

石炭二叠名胜地,五洲地质标志层。

焦煤基地古交村,压大水深难放心。

六探采掘两验证,科学开采保安宁。

注:经过六次勘探,两个矿采区生产试验,证明水量很小,能保证安全生产。

汾西煤电化

南关四矿开新页,水峪柳湾综采新。

盆地高阳煤水美,白关地下尽乌金。

综合发展电煤化,煤炭旅游富万民。

今古英雄谁好汉,风流人物数当今。

阳泉无烟煤基地

阳泉煤炭世闻名，高热低灰冠北城。

四海英雄来拜会，五洲商贾挤山门。

桃河几代勘查兵，狮脑山中采矿军。

煤下深开溶洞水，千山弹指换新春。

鹧鸪天·新思潮

华夏农村翻地天，人民面貌换新颜。移山倒海换新貌，致富兴邦治水山。　离故土，闯城关，农村童子选书园。寒窗苦读十年苦，不跳龙门誓不还。

国庆六十周年（古风）

井冈山上战旗飘，星火燎原冲九霄。

两路会师天地震，一声炮响敌军消。

长征万里艰难路，草地雪山炼圣豪。

大渡金沙双巧夺，延安灯火照天高。

宝塔山下聚英贤，窑洞整风壮志坚。

万众一心抗日寇，三山推倒万民欢。

西坡巧运反攻战，齐鲁"诛滔"动地川。

三大战争取胜利，雄师百万下江南。

南京一战撼钟山,蒋李政权一扫完。

穷寇直追统天下,蒋白鼠窜跑台湾。

一心建设新天地,三大作风万代传。

两保三风铭肺腑,科学生产奔两番。

倡廉反腐立诤言,炮弹糖衣要戒严。

两袖清风顶天地,一身正气传千年。

贪污腐化万民怨,丧党亡国两相连。

泪斩刘张正法纪,人民永远盼青天。

八十偶感

八十年华感慨深,千锤百炼育真金。

一身正气顶天地,一副铁肩担乾坤。

地动山摇身不晃,火烧水淹不心惊。

乘风破浪向前进,不计得失与降升。

贺艾振民《楹联诗词》出版

牛岁春风南岳来,潇湘春早百花开。

楹联锦绣长城艳,诗赋珠玑溢楚才。

煤海鲋鱼涸盼水,洞庭雁叫畅心怀。

有心鹏鸟扶羊角,直入蓝天揽月回。

尖兵偶感

人生风雨频,百炼胜真金。
风雨锻筋骨,冰霜励志心。
五洲同患难,四海系一身。
热血化春雨,丹心照汗青。

上海明珠

改革开放三十春,上海明珠万事新。
水下行车江面舰,空中地面通五津。
物华天宝名人盛,地美人杰科技精。
林立高楼美如画,鲜花海浪映红星。

鹧鸪天·煤炭联手

三晋煤田藏虎龙,移山倒海数风流。连横合纵共前进,政通人和万事优。 煤海地,九州游,游击阵地战山头。六田煤种甲天下,海角天涯拜晋求。

人工降雪

一夜银装满地川,欣逢雨水润田园。
人工降雪抗春旱,科技攻关可胜天。

煤地龙城战友七首

艾师傅

英姿潇洒美尖兵,苦炼丹心为万民。
手扶圆天追日月,脚踏大地扭乾坤。
阴阳和睦千家美,红绿严明万户宁。
保驾护航行大道,污泥浊水不沾身。

鹧鸪天·赠湘友彭丽华

别梦湘江进北京,沧桑风雨五十春。南征北战开航路,纬地经天成四门。 登圣地、当天兵。掀山建塔震雷霆。一身正气撼山地,碧海丹心照汗青。

谢湘平、和平

年年春节宴嘉宾,美酒茅台醉众君。
艰苦耕耘十载苦,道德仁义万民钦。

天时地利人和美,开放改革风雨频。

破浪乘风奋前进,先忧后乐满园新。

赠湘玉饭馆

晋湘自古有亲根,帝子乘风南北行。

四海和平拓新路,五湖湘玉满园金。

馆中四味心舒畅,席上八珍慰嘉宾。

宾客鸿儒来好运,八仙相会咏乾坤。

浪淘沙·赠何金生周善雁及转业湘友

年少离家园,壮志凌天。保家卫国去戍边。抗美援朝震世界,保卫国安。　　风雨五十年,苦辣酸甜。全心三晋保民安,殚精竭虑为大众,红日满山。

水调歌头·赠润兰治忠

同饮黄河水,又食岢岚菽。有缘萍水相遇,煤海探新途。踏遍天涯海角,跨越五洲水陆。三晋共谋福。常语知心话,万事要知足。

三十载,艰难路,共帷幄。南征北战同步,奋力拓金屋。同上西山探矿,又下海南观鹿,壮志展宏图。天下无难事,只要下功夫。

赠冯呈祥及物探老友

晋南大地有书生,千里负笈学地经。

一片丹心献煤海,满腔热血洒乾坤。

一身科技献三晋,赤胆忠心为富民。

地震炮轰天地动,五关攻克振人心。

读史四首

高祖本纪

刘邦一剑取天下，智夺关城敌自降。
约法三章屯霸上，谋臣三将定咸阳。
拔山项羽气盖世，别姬自刎于乌江。
自古兴亡天下事，人心所向定兴邦。

浪淘沙·读《孔子世家》

夫子居杏坛，仁义为先。贤人弟子超三千，列国游说命途蹇，无力回天。　往事几千年，至圣先贤。春秋褒贬警群贤。四教四绝誉世界，万古流传。

项羽

力胜拔山气冲云，挥军所向尽披靡。
中分天下自贻患，骄气必败后悔迟。

读《淮阴侯列传》

韩信为人重德恩，一食漂母报千金。
三分天下心难动，一片丹心报汉君。
兔死狗烹心有虑，暗同陈友谋反心。
东窗未发事先露，吕后逼宫斩于庭。

擦鞋夫妻

夫妻双双坐路旁,眼观来往革履郎。
擦鞋双手穿梭舞,汗满一身鞋面光。
请问君家何处住,平遥山里一农庄。
山中世代文盲苦,誓保两儿上院堂。

香蕉情

窗前掩卷正沉吟,伊送香蕉到嘴唇。
香气迷人心里畅,味甜肺腑引诗情。
阿哥肩似香蕉叶,阿妹心如蕉蕊芯。
叶大根深顶天地,百年恩爱不离分。

咏蔗

屹立田园节节高,狂风暴雨不弯腰。
粉身碎骨心中乐,百味人生独领骚。

话编史

登上高楼笑语喧，东鳞西爪串珠连。
曾经两纪硝烟日，亲历六旬风雨年。
万马千军战煤海，四山九水换新颜。
回眸往事沧桑月，勘探尖兵苦里甜。

咏煤

地下长眠亿万年，刀割综采见青天。
粉身碎骨为民愿，光电长留天地间。

赵广正战友

神州大地一雄鹰，振翅高飞到北门。
北岳煤山洒热血，轩岗地道献乌金。
欣逢盛世风光美，挥笔山川满苑春。
长梦庄周游世道，寿达彭祖笑群英。

准弟今昔

风雨沧桑忆少年，为炊无米困沙滩。
饥寒交迫教民校，力竭精疲滴口涎。
大庆荒原战鼓喧，满身热血洒山川。
山花烂漫油田美，遍地夕阳七彩天。

参观太原解放六十年图片展

风云变幻六十年，战火硝烟似眼前。
千炮齐轰双塔寺，万军冲刺老阎园。
四山战士洒鲜血，四万英雄尸骨寒。
今喜龙蛇激战地，山花烂漫映红天。

一剪梅·观 50 届世乒赛有感

世界乒坛几十秋。谁是英雄，谁最风流。西方几度主沉浮。冲遍世界，震撼全球。　　旭日东升照九州，红遍亚洲，欧美忧愁。中韩数秩竞龙头。今世风云，东亚称牛。

儿女情五首

鹧鸪天·勘探郎

水秀山青好地方,引来南雁水龙王。登山下水敲岩洞,钻地测量水远方。　　牛仔妹,两情长,寻亲千里到太行。欣逢巧遇七夕会,天降漳河勘探郎。

留美郎

鸟语花香水磨粮,人杰地美好风光。

天时地利人和美,娘子愚公壮志扬。

南雁尖兵战太行,牛郎织女两情长。

欣逢秋季丰收景,下放洋儿留美郎。

当兵郎

高平会战震人心,五字攻关毫米精。

四省八家传捷报,三山两水报佳音。

大阳凤凰双展翅,王报野川又孪生。

勘探英雄多壮志,男儿志愿去当兵。

靓晋湘

龙城春色百花香,灾难阴霾一扫光。

湘晋山川披锦绣,神州男女换新装。

胎儿春夜腹中闹,慈母焦急心里慌。

三过医门寻不见,险生马路靓晋湘。

浪淘沙·白发龙颜

少小离家园,美梦连篇。南山北水探资源,一片丹心献煤海,动地震天。　　科技猛攻关,捷报频传。引黄建库探深泉,喜看黄河清水日,白发龙颜。

忆往事九首

忆八年苦难

当年鬼子侵家乡,人祸天灾民遭殃。
三光扫荡物粮净,十家九空饿馁伤。
延安窑洞指航向,华夏人民打鬼狼。
抗战八年终胜利,神州遍地换春光。

忆三年自然灾害

鼠年灾害实堪伤,黎庶糠菜充饥肠。
老少饥民遍山野,可怜老父去天堂。

下乡

人类想成才,多从实践来。
上山识草木,下水识禾栽。
风雨磨精力,汹涛炼胆怀。
科学千里目,教育百年台。

走出三门路,十年梁栋才。

下岗

企业改组风雨狂,下岗失业断炊粮。
中华儿女多才艺,自力更生花更香。

记土改风云

土改风云动地天,房屋地产三查全。
三年劳动划时限,三榜公评定地天。
地富青年心胆战,学习工作两难安。
包袱放下向前进,船过桥头天地宽。

不唯成分选园丁

农村文化要振兴,没有师资事不成。
不唯成分重表现,全区考试选园丁。
东安教育群英秀,全县师资统考升。
三月百花遍天下,花桥桃李满园新。

不平则鸣

钻工战斗在山川,雨露风霜日夜班。
泥水一身同丐汉,披星戴月三十元。
为民服务记心间,钻探工资低可怜。
白纸一张诉民苦,留名签字就一番。

　　钻机工人原来参加工作时为一级,我同贾同春同志便写一张信笺,乘汇报后,请省长签个名字,从此改为二级。

70

外语文凭红线宽

职称评定有宽严，外语文凭红线宽。

主重绩德唯实践，职工心里尽欢颜。

国家政策大于天，农户转城还补钱。

广大职员拍手笑，一身臭气又香甜。

勘探津贴闯三关

勘探职工不夜天，风餐雨露探资源。

按劳分配明文定，野外职工补助钱。

一场狂风卷巨浪，三根深挖苦无边。

是非不问胡批判，野外津贴一扫完。

总工四处来游说，领导闻知笑不言。

经理心中早有数，决心"四不"解危难。

津贴恢复十五块，广大职工开笑颜。

整党他人偏找错，党委不报犯超权。

责权行政有规定，经理职责一个担。

总局闻信下通令，下月不停就扣还。

责大劳资不敢顶，呈文上报党委研。

来回研究真难定，再请陆总共议谈。

局里来人要查问，追查责任你帮言。

注：野外津贴恢复后，煤管局和地质总局整党均追查责任，我据理说明实情，为了广大职工利益，只好一人办事一人担。以免株连他人，即使受到处分我也问心无愧。

71

赠王满荣及煤田地质专家

煤田地质探乌金,荣誉得失毛发轻。
艰苦耕耘煤海地,黄牛俯首尽忠心。
无私奉献五十载,一片丹心照后昆。
日夜攻关心里乐,春风化雨润无声。

煤田物探专家

煤田物探带头兵,严己宽人孚众心。
开拓煤山创新路,穿山下井找乌金。
千条曲线来回验,万炮震波对比清。
为找煤金洒热血,长城内外立功勋。

浪淘沙·工大武胜忠各老师

弱冠别学园,壮志高瞻。教鞭指点育群贤。三尺杏坛洒热血,口苦心甜。   风雨五旬年,似梦如烟。校园桃李满山川,青胜于蓝天下誉,美好春天。

赠王忠及西山矿局战友

千载矿山为水难，全身煤泥怎心安。
明修栈道暗攻水，一箭双雕敢闯关。
降压开煤又取水，安全生产翻一番。
矿工日夜心欢笑，今日生活换了天。

小孙加油三首

太郎加油

太郎从小爱书山，书店开门拼命钻。
尝胆卧薪破万卷，夙兴夜寐苦攻关。
九年"美校"外加餐，十载寒窗自奋鞭。
两耳闻雷心不动，高峰路上苦登攀。

龙龙加劲

龙龙从小智超前，心里数学不一般。
加减乘除心默算，快准胜过铁算盘。
六年班里总争首，十载寒窗总领先。
两眼不观书外事，书山日夜苦攻坚。

声浩有眼光

从小聪明有眼光，心灵手巧望八方。

爷砸桃果认真看，总爱学习自立强。

"爷爷累了快歇晌，我来帮你打一场。"

乳声一句心花放，三岁童言喜泪扬。

滴水穿石贵勤撞，十寒一曝不成钢。

高楼万丈从基起，读破千书功自良。

立下悬梁刺股志，学习尝胆卧薪郎。

寒窗苦读攻科技，登上高峰四海祥。

赠战友校友四首

赵梁老友

人生最贵是知音，三晋水文数巨星。

煤海风云创伟业，穿山钻地写乾坤。

桌前谈笑情深厚，野外登山兄弟亲。

风雨沧桑战天地，春风明月乐平生。

卜算子·赠中南大学北京校友

岳麓送春风，京燕阳光照。虽是耄耋白发人，犹有夕阳俏。

塞北朔风吹，南楚花犹闹。欣喜京城相会时，同梦期颐笑。

贺新郎·赠煤炭战友

挥笔与君诉，五十秋同甘共苦。铁锤开路。揭地掀山探矿簇，万水千山迈步。曾记帐篷荒山住,戴月披星共霜露。无私奉献为民裕,人有志、不言惧。　　尖兵百战煤山处。看高楼遍山林立,画龙飞凤。综采一开千百万,海角天涯致富。煤炭大军开新宇。地道长城万里铺,望神州大地江山绿。圆美梦,再同聚。

吴耀祖八十大寿

少年潇洒爱江山,立志从戎戍守边。

抗美援朝驱美帝,保家卫国为平安。

三军转业开新路,三晋学园自立篇。

福喜康宁八十寿,夫妻恩爱乐天年。

六州歌头·咏建党 92 周年

　　人民共庆,建党九十年。天地动、风云变、驾红船。树宣言。革命赴前线,拿枪杆、除敌顽。封资帝、连根铲、换江山。万里长征、万险千难战,苦奔延安。窑洞书伟卷,圣火照人寰。打倒东洋、保民安。　　建邦伊始、五洲看、千家盼、治江山。谋四化、兴科技、百家言,万花鲜。黑手林家叛,四人帮、扫清完。平反乱,纠冤案、五洲欢。开放改革两制,人民富裕喜空前。神八游太空,四海共婵娟,舜日尧天。

胆结石

铁锤敲矿跑山川,踏遍煤乡找矿泉。
三类岩层都敲遍,五时地质也测全。
资源亿万手中过,结石一颗留胆间。
医院查明心里笑,心康体健百年欢。

记荆江分洪

滚滚江河日夜流,为民谋利几千秋。
江河涸淹两危害,堤坝引流解民忧。
水患长江千百载,荆江分洪一口收。
人民战争威力大,七七丹江锁咽喉。

忆中央领导亲听煤炭汇报

工业无粮要断烟,主席总理心中难。
土洋并举夺高产,中外合资攻大关。
众志成城创矿业,安全生产重于天。

全国上下攻科技,华夏人民展笑颜。

注:1980年3月13日,在中南海103会议室,李先念副主席、余秋里、康世恩副总理,袁保华、金鸿英等首长,听取煤炭会议各主要省领导汇报。最后李副主席作了四点指示,山西煤管局领导参加了会议,我作了会议记录。

甘露雨

伏天甘露雨,炎热转清凉。
三晋解干旱,百川人喜狂。
农村人面笑,城市水流芳。
万物同欢庆,牛年喜气洋。

清平乐·观弹

山高云淡,劳动某山县。不跨黄河非好汉。梦想观天放弹。
雷声半夜轰隆,红光直射苍穹。三次放光激进,直观天上飞虹。

连体婴儿分离有感

新化罗家连体胎,分离生死实难裁。

长沙医院主援助，世界国家伸手来。
中外专家共研讨，家庭医院两同怀。
神医扁鹊精心巧，手术成功展妙才。

给夏海龙小孙

山村教育不寻常，童小全靠师点帮。
劳动寒窗自磨砺，农工两地伴学堂。
书山有路勤为上，田地丰收苦种忙。
独守书园恋科技，龙门双跳报国乡。

观日全食

百年巧遇大奇观，日被全食只见圈。
亏既阴黑天地暗，生光扩展又还原。
人生风雨平常事，万物枯荣有缺全。
只要青山长久在，何愁日月不全圆。

平朔露天矿有感

三晋朔州开大门，中西合作采乌金。
露天工艺标准化，科技一流冠世新。
晋北千山开小矿，长城万里有尖兵。
矿山建设新风貌，塞北风光遍地春。
开矿应知谁引路，陈蔡为首有功勋。

忆方毅总理科技大会报告

绿水青山绕海滨，物华天宝育人灵。
科学发展强国道，总理躬身指路程。
五岳煤山要开放，千山采矿赛功能。
长城内外百花放，万紫千红面貌新。

注：1980年3月，在青岛召开煤炭外事科技大会，总理亲作报告。

龙城煤勘战友三首

陆维芳甘施礼老友

南雁北飞逢晋阳，满城风雨泥灰扬。
煤田地质开新宇，科技学园待拓荒。
踏遍黄河九曲路，尝够三晋五谷香。
丹心壮志献煤海，胸恋能源世代芳。

柏兴基、王钟堂战友

三晋建国勘探兵，雄心壮志搏风云。
煤田地质开扉页，华北地层首敲清。
踏遍全国矿产地，探寻五岳地中金。
南征北战创煤业，东探西查找气盆。

黄福添朱全媛

别梦江南到北关，雄心壮志冲云天。
福添沁水战煤海，金媛潞安探水源。
北战南征同雨露，登山下海共酸甜。
星移斗转鬓云改，苏市夕阳红满山。

李白缝补夫妻

三尺机台摆路旁，为人作嫁补衣裳。
天生十指夸针巧，人长四肢勤自强。
望子成龙精力尽，子孙富贵在何方。
人生父母忠良意，天地谁知辛苦娘。

记台湾"八八"水灾

遥望台湾暴雨连，水灾泛滥太突然。
山崩楼倒桥梁断，两岸同胞泪不干。
四面救灾星火急，三军冷眼一旁观。
灾民生死弹指间，何故狠心不救援。

粮食喜信

人类粮食生命源，一天少吃睡难安。
人增地少常忧患，饥饿何时能过关。
北李南袁传喜信，杂交米稻亩双千。

神州自古多神事,科技攻关举世传。

注:东北李登海杂交玉米亩产 1042 公斤,湖南水稻大王袁隆平亩产双千斤,东北寒地水稻 600 公斤以上,经验传世界。

咏太极拳

清晨白发聚园林,吐故纳新肺腑清。
拔背含胸丹沉气,顶天立地拨千钧。
全身精力随腰动,伸曲四肢活骨筋。
运动坚持强体质,耄年文武胜年轻。

牛年国庆北京参观五首

再登天安门遐想

西坡椽笔点江山,战略反攻似火燃,
鲁沈平津扫落叶,钟山青日换红天。
雄师百万渡天堑,败军仓皇窜海湾。
喜看神州天地变,五星旗帜满山川。
伟人一代开天地,四海江山改旧颜。
黎庶巍然屹世界,江山锦绣传千年。

参观水立方

恢宏建筑美名扬,久慕参观水立方。
奥运精神传四海,文明建设实辉煌。
中华儿女多奇慧,友谊冠军双发扬。
跳水乒坛打天下,顶天立地世无双。

参观和珅府邸

和珅本是一穷丁,家产卖光攻五经。
梦想升官发财富,钱权美女乐一生。
英廉慧眼识千马,小姐霁雯恋小珅。
谄媚君皇吹拍骗,欺凌百姓虎狼心。
指鹿为马骗欺主,说柳为桃乱视听。
叛友求荣诛异己,卖官贪贿聚财迷。
敲骨吸髓伤天理,侍女妻妾冠皇庭。
万贯家财九亿两,红楼一梦自杀身。
人生善恶终当报,遗臭千年留骂名。

戏程保舟夫妇

三字同头芙蓉花,同旁三字姑娘娃。
除非俏丽汾阳她,那个能擒保俏伢。
同头三字宦官家,三字同旁保你他。
不是保舟东豫娃,何人敢配芙蓉花。

百人参观天安门

牛年国庆上天门,满眼风光万物新。
广场百花争斗艳,门前节目正游行。

主席挥手向前进，群众欢呼震满城。
四海华人同歌唱，五洲山水共欢腾。
百花齐放振新业，四化宏图上月庭。
开放改革同并举，经商下海富人民。
中华煤炭誉天下，黎庶生活温饱身。
国庆观光开眼界，阅兵展览世人惊。

水源建队难

煤长水短几千年，三晋地台缺水源。
黄土高原水干渴，黄河两岸开煤山。
山川土地十九旱，禾稻粱菽九不全。
工业粮食急似火，人民日夜睡难安。
水源建队真艰苦，三个蚂蚁搬泰山。
省市中央同协力，山西大地水波翻。

注：贾冲之副省长从煤炭自然减员中拨150名指标，由马玉增、杨启贤、沈家驹三人建队。

物探建队苦

神州四化急能源，十万尖兵冲向前。
地质测量开首页，高低经纬地层连。

晋湘自古人才秀,南北开山创首篇。
壮志宏图献三晋,千军万炮战山川。
地层波速传千里,物探尖兵展笑颜。
下井登山攻陷落,煤山攻克破五关。

陆家村新旧两重天五首

鹧鸪天·文化

　　三代文盲永记心,长期肩上压千斤。六年拼命攻书卷,三跳龙门第一生。　　传火炬,带头兵,茅屋学子出公卿。承前启后开新路,中外留学科技兵。

衣

昔日破衫难蔽身,新衣珍爱穿九春。
九个姊妹互轮换,四位弟兄多补丁。
今日衣服数不尽,每年穿戴要求新。
丝服绸缎压箱柜,臭美今天要靓晶。

食

常年饥饿事田间,梦想荤餐不沾边。
萝卜红薯心里乐,瓜藤糠菜度寒年。
今朝米面满家院,海味山珍不算鲜。
鱼肉鸡鸭心里腻,新鲜青菜口中甜。

住

昔日草棚风雨淋，一年四季睡难宁。
破屋两间一家挤，烂被一床睡九人。
今日瓦屋宽又亮，层排大厦满山村。
新房大小装成殿，水电冰箱进院庭。

行

小道高坡头转昏，肩挑日月走乾坤。
担山几代压腰断，常恨人间路不平。
今日汽车来小院，八方四面自由行。
首都千里双天到，四海五洲任你奔。

都江堰

岷江治水数风流，水力科学冠九州。
鱼嘴飞沙宝瓶口，都江天府换春秋。
分流内外为四六，截泥飞沙二八丘。
低堰深滩保清污，凸凹两岸细粗丢。
天时地利人同力，旱涝民军巧运筹。
愚公移山誉天下，李冰治水古今讴。

赏雪二首

观雪

万里江山一片白,行人稀少鸟飞绝。

耄翁傲骨顶天地,南雁冰心献北国。

浪淘沙·暴雪

暴雪降恒山,华北连山。长城内外蔽云天。飞鸟行人都不见,虎视山川。　　回忆八十年,首见奇观。常言瑞雪兆丰年。今见屋坍树枝断,福祸难言。

胡锦涛奥巴马会谈

美国总统访华行,世界人民望北京。

经济危机惊世界,美中联手促和平。

台湾本是中华土,千古炎黄一脉亲。

贸易通商求发展,一国两制指征程。

先经后政同协力,存异求同统一心。

天下风云多变幻,五洲风顺莫迟疑。

一剪梅·"学习班"(二首)

　　高举红书走九州，一个家庭，两地分流。关门干校不准邮。一种情思，四面忧愁。　　两派学习不自由，一人方便，两个陪瞅。文革故事记千秋。忘了西头，又上东头。

　　下放一家百户愁。母子情深，南北心忧。一封书信寄儿邮。三个孩童，千里飘游。　　家庭分散心里揪，一脉根连，日夜心忧。别离痛苦涌心头。忘记田畴，更想儿俦。

陆家村志歌

　　昔日灾年民遭殃，无衣少吃太凄凉。
　　离家新化吉隆地，携妻逃荒到大塘。
　　力尽精疲无法动，依山傍水建茅房。
　　锄头一把开荒地，扁担一条挑水忙。
　　艰苦精心植树木，持家勤俭度时光。
　　三年不负苦心汉，十载糠菜半米粮。
　　教育强国家为本，科学发展上天堂。
　　翻身来自富民策，致富功归党中央。

赠陆文忠夫妇

当年有志当尖兵，苏粤青年要北征。
三晋煤田显身手，并州会战为知音。
春秋汾水共风雨，寒暑潞安探水金。
佳节郊原同漫步，四时楼里共谈心。
东陵鹊鸟常思念，何日煤山再踏春。

庆祝澳门回归十周年

莲花荷叶显金光，香远溢清飘五洋。
百载辛酸雪旧耻，十年艰苦著辉煌。
金融风暴开新路，创业旅游闯世航。
免费书郎十五载，开天辟地第一章。

水调歌头·赠易广文

同饮三湘水，又食沁河鱼。长江万里常渡，艰苦探金属。无论冰天雪地，何计风餐露宿，日夜没闲余，为有能源地，窑洞绘宏图。

羊年夏,雷声骤。展征途。北煤南运扭转、天地要翻乎。人有团圆离散,天有阴晴风雨,人类也同途。祝愿兄长寿,世代享禄福。

注:1976年,为了扭转北煤南运的局面,114队等三个队调湘赣会战,弹指34年,多想与战友重逢。

读《中南校友通讯》古风四首

情意深

南北相思情意深,中南通讯洗艰辛。
新闻喜事激人奋,沐浴春风浩气生。
甲午书生离校门,征程万里报国恩。
经天纬地找国宝,北战南征探水情。
胸有乌金超万亿,手挥煤海万千军。
芙蓉岳麓春光美,梦想湘江再探亲。

读柏兴基《往事不如烟》

往事如棋又似花,漂洋跨海为中华。
联合科技当参赞,煤炭石油老专家。
中信投资纽约代,五洲使者走天涯。
旅游研究两连轨,引外招商四海拉。
一片丹心创大业,清风两袖世人夸。

读李章大短信有感

中泰红梅世代栽,经霜傲雪向阳开。

根深万丈风难动,香远益清苦练来。
自古人生多风雨,天涯遍地芳草栽。
同舟共济再前进,破浪乘风展技才。

读艾振民《槛联创作概说》

艾氏槛联写满天,振民春节庆团圆。
千家万户红福挂,国泰民安四海欢。
南雁衔书喜信到,欣逢春节送槛联。
婚姻寿喜千园有,山水花鱼百样全。
对仗仄平有规范,韵声格律也和黏。
西鳞东爪查千代,知古通今是俊贤。

虎年迎春四首

虎言

自古山中称霸王,清平盛世下山冈。
学牛俯首保民富,要为中华驱狈狼。

一剪梅·连中双元

鞭炮歌声动地天。虎啸丰年,国泰民安。烟花礼炮上青天。中
美书生,连中双元。　　老伴欣逢三万天。苦累酸甜,恩爱情绵。
人生美梦子孙贤。科技攻关,喜信频传。

闻陆阳免试入北大

岳阳紫气育人灵,后乐先忧真理清。

南岳花开千岭秀,洞庭鱼跃万波春。

潇湘资水多才子,长岛韶山育圣君。

自古英雄出苦贱,穷村北大选青衿。

鹧鸪天·元宵雪打灯

百载难逢雪打灯,虎年瑞气满乾坤。玉龙飞舞满天地,有兆丰收颂太平。　　新世纪,育贤君,三粮亩产两千斤。"谁能养起中国人",袁李科研济世民。

注:英国有人预言,中国人口达13亿以上,谁能养得起。袁隆平、李登海、李振声三位农业专家依靠科学,使水稻、玉米、马铃薯亩产达1000公斤以上,不但养活了中国人,还要支援世界人民。

杂感四首

清平乐·笑话

进厨做饭,心系诗词卷。污水反淘锅里面,仄仄平平还念。人逢老态龙钟,千山万水满胸。铁笔涂鸦不止,何时俚句出笼。

昭云战友

古稀约会吐真言,甘露千滴润肺甜。

人世难逢开口笑,校园大笑醉心田。

狂风暴雨寻常事,雨霁虹消又彩天。

自古人生多美梦,来年比翼上衡山。

鹧鸪天·连中三元

雏雁初飞万里行,穿云破雾降西滨。雷惊天地心无动,伏案攻文常卧薪。　　人有志,炼真金,枕书待旦苦耕耘。虎年金榜三连中,铁杵磨针终有成。

注:美国高考金榜太郎连中三元。

退休感言

莫道退休无事秋,长征漫步又从头。
闲时书海诗句觅,胜日天涯山水游。
天地风云犹在耳,人民温饱已无忧。
欣逢盛世夕阳美,万紫千红照九州。

王家岭矿难二首

王家岭救援奇迹

王矿突水亿人忧,滚滚黄河泪不休。
煤勘尖兵急请战,三千将帅共谋筹。
抽排探水同并进,巷道钻通第一谋。
井下三声传喜讯,指挥三通解忧愁。
千军万马连轴战,抢救矿工出虎喉。
奇迹救援谁创造,矿山儿女主中流。

93

钻孔直通生命路

勘探职工巧运筹,争分夺秒解矿忧。

直钻打通救生道,万众闻声热泪流。

三送三通解困难,八天八夜救人谋。

矿山历史创新页,突水救援冠五洲。

玉树地震三首

玉树地震

地球震动害人生,撼地推山房倒倾。

玉树人民遭劫难,千人罹难霎亡身。

科学攻克地心力,未雨绸缪预早行,

建筑工程加稳固,黎民日夜保安宁。

地震救灾

地震发生弹指间,山坍房倒人被掩。

红旗挥舞同心战,地动山摇冲向前。

手刨肩扛救人命,钻缝入洞抢人还。

神兵天降擒妖孽,揭地掀天移泰山。

千万英雄抒正气,阎王神鬼胆心寒。

两族一个妈

炎黄儿女本一家,藏汉两族一个妈。

地震无情人有爱,人间母爱数中华。

悼友人亲人六首

悼念谭翠娥大姐

人生似梦降人间，转眼春秋九十年。
两纪沧桑苦日月，百年盛世幸福甜。
儿孙闯出新天下，子女农商各有缘。
苦读寒窗创新业，桃花源里创奇篇。
白天街道采年货，夜梦春游去不还。
自古好人天保佑，无忧无病做神仙。

悼念张文佑专家

张公老骥下并州，晋水风云献计猷。
四矿煤工盼甘露，五条建议解忧愁，
千军万马同鏖战，三晋千家争上游。
今喜江山新面貌，祭君千古数风流。

悼友人昭云

电话惊传噩耗来，昭云乘鹤上天堂。
人逢七七牛郎笑，千古离愁泪雨扬。
梦里依稀人健在，音容笑貌更甜香。
校园有语心牢记，来日高飞跨海洋。

悼念校友杨味老

中南校友奔西山，壮志凌云撼地天。
钻洞掀山探煤水，披星戴月献能源。
常年矿井度时月，十载矽尘染病顽。
煤炭春秋山水变，千峰日月换新颜。
君今不幸离人世，"陷落"有难谁导言。

忆李祖材恩师

母校寒窗读地经，春风化雨润无声。
恩师教导铭心肺，学子卧薪两载春。
十得三高人敬仰，一身两袖不染尘。
清明遥望南山泪，三代恩情表寸心。

鹧鸪天·悼念韩瑞景战友

不慕官权不恋钱，为民服务大于天。三十矢志献煤海，十载蒙冤事地田。　　人有志，敢移山，东风春雨润山川。欣逢盛世宜增寿，乘鹤升天泪雨连。

注：韩瑞景同志 2010 年逝世，享年 85 岁。

编志有感

三年编志头飞雪，千万英雄心血竭。
万缕千思传电信，雪泥鸿爪串珠辙。
承前启后沥心血，去伪存真四对决。

六十春秋人物变，天涯海角找英杰。

一秒值千金

人生最贵是青春，戴月披星日夜耕。
掘地掀山流血汗，伏窗苦读泪湿襟。
光阴似箭催人奋，日月如梭不等人。
艰苦耕耘连轴战，春宵一秒值千金。

题亲人二首

鹧鸪天·致德志侄

童小生活实可怜，鹑衣草叶渡难关。寒窗梦想无机遇，四季山川忙泥田。　　多载苦，记心间，决心下代破书山。两儿有志攻硕士，登上龙门不下鞍。

致家桃诸侄

人生自古海量宽，四海五湖肚内船。
兄弟同舟能御浪，众人协力能搬山。
恩德仁义千金重，仇怨是非一笑完。
严己宽人三自省，天涯何处不欢颜。

北戴河观海

清晨伫立大礁巅，沧海波涛激滚翻。
自古江山新代谢，浪尖风口勇当先。

妇女创乾坤

巾帼从前不出庭，茅屋闭户养一生。
平生不问国家事，困守五伦为子孙。
今朝妇女走天下，揭地掀天闹翻身。
商贾工农行行会，自由经济创乾坤。

壶口瀑布吼千秋

万里黄河壶口收，惊天动地吼千秋。
毛翁东渡三山倒，红色江山万代讴。

临江仙·数风流

秦晋高原黄土沟,黄河浊水沙洲。炎黄儿女谱春秋。中华五千载,尧舜冠五洲。　　北岳长城名宇宙,千山万矿丰收。乌金滚滚运全球。欣逢盛世美,三晋数风流。

鹧鸪天·银色人才

银色人才老九香,寒窗俯首著文章。春蚕作茧夕阳睡,万里江山发热光。　　回首望,路沧桑,衡山北岳探矿床。经天纬地开新路,汗洒黄河鱼米乡。

忆端午节

童年端午在家乡,赤脚提篮上课堂。
两校优生同竞赛,低班牛仔状元郎。
中年三晋庆端阳,南北龙舟竞渡忙。
离骚今朝重读念,深知谗言害贤良。
耋年端午著诗章,腐败贪污丧党纲。

高举金箍天地网,同心齐力打豺狼。

煤层气

沉睡地球三亿年,修身养性蓄能源。
高压白热聚烷气,煤体红心化气田。
四化两翻怡自乐,千抽万压到人间。
一身光电照天地,海角天涯黎庶欢。

赠湘晋战友五首

赠陈善辉及铁建湘友

三湘三水本同根,三代逢缘情海深。
老辈一生事牛马,青年有志闹翻身。
枪林弹雨干革命,揭地掀山成铁军。
无畏无私为天下,千秋万代有功勋。

读张效儒《古律新韵》丛草集

太行武乡一苦丁,凌云壮志闹翻身。
军营炉火炼筋骨,三晋煤田献赤心。
万里征程多轶事,五十挥笔著诗文。
古集七万珠玑字,感动四方亲友情。

读吴俊峰《流年碎影》有感

万荣学子志刚强,风雨沧桑育栋梁。

十载寒窗磨炼苦,卅年勘探炼真钢。

丹心壮志为煤海,慈善真情恋故乡。

碎影流年天地变,稷王园里建天堂。

万荣缺水几千春,旱井依天来为生。

千古人民翘首望,闻雷盼雨往山奔。

长期泥水度年月,何日清泉进户门。

科技发达强威力,稷王山下出泉声。

江城子·赠老友王学文

十年书信两茫茫,日思量,总难忘。千里山远,无法话衷肠。梦里相逢真好笑,纹满面,发如霜。　　今天挚友话沧桑,诉衷肠,祝安康,是非不计。一笑泯沧桑。万语千言同祝贺。活百岁,梦周庄。

鹧鸪天·王美战友

煤海大同识美君,煤山风尘不迷津。尖兵风雨战天地,北岳冰霜励赤心。　　环境变,保民生,资源人口共安宁。清洁城市改煤气,碧水蓝天空气新。

太郎孙二十周岁

人逢弱冠志凌天,万卷诗书日夜攀。

中外科学苦攻钻，西洋方帽中状元。

中华学子攻"康大"，湘晋书生又读研。

济世悬壶解病难，人生康健乐天年。

注：太郎考入美国康乃尔大学，该校在世界排名第15位。

家洋梦华天命之年

童小读书意志坚，全心全意苦攻关。

三年插队汗湿土，十载寒窗苦酸甜。

中校花开桃李秀，美园院里著新篇。

长征万里从头越，转眼春秋天命年。

欣喜国强民富裕，西洋破浪再扬帆。

梦华博士踏洋殿，敢闯五关跨海天。

矢志研究有新果，神州内外有名传。

纪念七七事变76周年

七七事变永铭心，日寇无端杀我民。

决战北平尸满地，人民血肉筑长城。

八年拼命打强盗，千万军民诛鬼神。

科教兴国时牢记，千秋万代保安宁。

贺老伴八十寿辰

雏雁平生风雨频,南耕北探励冰清。
衔枝啄泥身心瘁,创业成家卧胆薪。
三代儿孙齐努力,四方灾难献微忱。
欣逢盛世夕阳美,比翼双飞乐百春。
虎年六六正伏暑,四面儿孙会并城。
三祝亲人八十寿,五福长寿报亲恩。
人生道路多风雨,世事沉浮如雾迷。
喜见夕阳无限美,天涯何处不欢心。

雁门隧洞

塞北三关十九弯,一夫当道万军难。
平关首战斩夷寇,敌寇闻风丧胆寒。
科教兴邦为四化,开通隧洞走平川。
陡坡冰雪胜平地,高速大同四海连。

赠邹龙呈校友

鄱阳湖里一条龙，破浪乘风闹地宫。
岳麓书声飘四海，地洼找矿五洲通。
铜都采得矽篮宝，金属中南满腹胸。
彩片诗词靓天下，中南校友一英雄。

塞北金沙滩

万年塞北有金滩，只见沙滩战火烟。
千万人民仰天盼，何时百姓小康安。
春雷一响风云变，华夏红旗飘满天。
推倒三山换日月，中华百姓采金山。

思念远方亲人七首

谢青艳一家

愚翁八十乐无忧，西美邮来两票游。
万里侄媳仁义厚，一家伯母圣贤愁。

得州人物风光美,别墅洋楼花木稠。
洋酒海鱼每日享,神仙日月乐悠悠。

致侄孙声涛

资水涛涛留美郎,英姿飒爽美名扬。
书山万卷攻关苦,总统奖金一代香。

鹧鸪天·赠并蒂花兄妹

并蒂花开各有长,双飞比翼念文章。
书琴歌舞同争上,读遍洋学成栋梁。

慈母泪

倚门望月几千回,游子多年盼未归。
十月怀胎心血瘁,三年哺乳一身衰。
春花秋月手牵走,雪地冰天胸相偎。
寄语双飞南北雁,天伦何日再举杯。

游子思

长夜难明辗转眠,四方游子念亲贤。
一滴奶水一身汗,弱冠成人汗满船。
梦里依稀慈母泪,凭窗东望泪湿衫。
愁心远挂家乡月,何日团圆照我还。

赠王伟千红

人生伟业著辉煌,仕宦宏图誉四方。
万紫千红百花放,笑谈湘贵美名扬。

神州儿女多鸿志，不恋故乡爱五羊。

千古团圆终有散，乡音美梦世留芳。

笑笑爱书画

从小聪明有眼光，诗词名著脑中装。

三国鼎立靠谋计，水浒抢劫弄剑枪。

梦里红楼女孩事，西游大圣降魔王。

今朝科技兴天下，文武兴邦世代昌。

一剪梅·大同博士群星

塞北大同四海名，圣地云冈，千里乌金。同煤五化领头军，五大联营，矿井无尘。　　年产原煤超亿吨，地下长城，天地同明。科学开路有能人，综采新兵，博士群星。

鹧鸪天·读《山西转型》

三晋东风战鼓擂，宏图大展著光辉。十年"四化"动天地。三大翻番众望归。　　人有识，众生威，能源兴晋正朝晖，英雄立下移山志。跨上潮流四海飞。

注："四化"：指工业新型化，农业现代化，市域城镇化，城乡生态化。三大翻番：指经济总量，财政收入，城乡居民收入。

中南校友五首

校友话知心

牛夏伏天热气蒸，中南校友聚北京。
柏公一语众星动，国际红娘迎贵宾。
章大真情献挚爱，群星向北议乾坤，
退休别忘献余热，尾矿新区又遇春。
跨越转型开大步，风霜雨雪洗征程。
百花争艳环境美，四海五湖山色新。
开放科学兴天下，争流百舸上游分。
为民为己两条道，成败存亡天下清。

观邓定茂全家福

麓山流水遇知音，豆蔻年华二月春。
壮志宏图同一梦，天翻地覆共一心。
椿萱并茂创新业，兰桂腾芳报国门。
物换星移华夏美，康宁福寿乐天伦。

赠熊开明及东北老友

太阳岛上曾同游，旖旎风光不胜收。
夜晚滨江映星月，清晨车站雨风稠。
白山黑水物华宝，地美人杰赛九州。
中南东北知心友，何时晋冀话离愁。

赠吕华荣

粤雁初飞到北京,南军北探炼红心。

五台发现火岩浆,三晋地层鉴定清。

风雨沧桑寻矿产,铁锤经纬度平生。

丹心壮志为民富,两袖清风乐晚晴。

校花朱汉珍

中南学妹朱汉珍,人面桃花二月春。

一曲骊歌各分散,昆明巧遇更精神。

当年梦想西陲奔,热血沸腾献赤心。

雪月风花头上戴,校花风范冠群星。

舟曲泥石流

暴雨狂风突降来,舟曲地裂酿成灾。

山洪暴发石泥滚,水卷屋倾何处待。

风雨同舟人有爱,移山填海救人还。

天涯海角伸援手,地陷天坍重补台。

注:甘肃舟曲8月7日,乱开乱挖发生特大山洪泥石流事故,死亡1248人,失踪496人。

赠 148 院史治国团队

龙城大地育尖兵,矢志治国创业新。
王矿一钻震天下,矿区三通扭乾坤。
煤田地质显身手,科技攻关炼赤心。
铁杵磨针终有用,六关夺冠史家军。

三晋响雷声

转型跨越又长征,再造山西煤海春。
探得煤田万亿吨,长城内外响雷声。
两翻四化惊天下,三晋人民栽富根。
天地人和同奋斗,黄河浊水洗清新。

百岁吟

人生八九十,苦乐集一身。
天地为穹笼,五湖罗我襟。
三思无所愧,万事可凭心。

八月跌炉火,眼睛留有痕。

童年被水淹,金弟救出生。

三十吊煤井,险中又转宁。

八十汽车撞,伤断两肋根。

七难八灾过,健康更稳升。

悠悠九十岁,梦想百年春。

怀念父母姐妹七首

忆严父

一生艰苦不言愁,日夜耕耘不计酬。

九子同心创天下,一家协力事田畴。

锄头开垦石山地,扁担移山改土丘。

五角红星解苦难,三山推倒永无忧。

八年抗战终获胜,千万英雄热血流。

为保国家免苦雄,农奴拼命夺丰收。

慈母箴言

在家千日好,出外四时难。

天地多风雨,人生有苦甜。

疾风知劲草,大浪滤金山。

勤俭生财富,家和万事安。

鹧鸪天·痛悼大姐莲秀

雨雪纷飞南岳寒,冰山玉树鸟飞难。寿星陨落银河泪,天地山川披孝帘。　　一辈苦,为家园,国仇家恨两肩担。欣逢盛世宜高寿,含笑平安到九泉。

注:大姐享年九十五岁。

悼念二姐

童小抱背教走说,摘花拔草又割禾。
春忙同力事田地,冬闲学读识字歌。
艰苦耕耘勤奋进,含辛茹苦创新窝。
成家创业多风雨,三代儿孙故事多。
噩耗突闻肝肠断,终身遗恨未扶榇。

悼念三姐

人生如梦到人间,富贵荣华似等闲。
一世勤劳为子女,两足日夜跑山川。
艰辛创业成能手,勤俭持家是典贤。
盛世欣逢八七寿,甜蜜一梦到西天。

梦四妹

昨宵一梦到家乡,柳妹砍柴遇雨扬。
友弟三人来救助,妹兄亲昵喜心狂。
生前笑貌依然在,醒后音容心永装。
可恨当年音信绝,离别未送痛心肠。

悼念远俭哥

小少同心事牛鞭,中年立志闹身翻。

披星追月不知苦,北战南征两相连。

艰苦耕耘八七载,儿孙四代乐天年。

突闻噩耗仙游去,泪血染红资水山。

鹧鸪天·鱼水情

萍水相逢在并城,五湖四海有知音。同舟共济祛危难,暴雨狂风情更深。　　三十载,永铭心,军民永远一家亲。天坍地陷同扶正,万代千秋鱼水情。

种田娃

生来南雁种田娃,塞北种田日已斜。

一把锄头垦荒地,岢岚山上种桑麻。

百年缺水生活苦,独闯龙潭掏井挖。

门口打成甜水井,清泉汩汩进百家。

水调歌头·总理知心话

同饮美洲酒，又喝竹叶青。神州共庆中秋，花好月圆明。南北亲人电贺，中外儿孙同乐，世事共康宁。祝愿人长寿，华夏满园春。

东风动，多少话，论宏程。消除贫饿，黎庶挥手向前行。不怕天坍地覆，何惧惊涛骇浪，六项改乾坤。总理知心话，五洲日月新。

注：中秋节 2010 年 8 月 22 日，在纽约联合国总部召开千年发展目标高级别会议，温家宝总理在会上发表讲话：以消除贫困为中心任务，并提出六项建议，中国要如期实现会议任务。

赠老友周珍

南岳高峰紫气升，资江流水有知音。
耀祥苦读求真理，梦想农民有地耕。
春雷一响震天地，五角红旗大救星。
土改贫农分土地，三查三榜定乾坤。
三湘大地起红云，教育复兴育圣灵。
三水花桥舌耕苦，满园桃李竞芳芬。
世事沧桑多变化，移山倒海谁计春。
蓦然回首镜中望，何日青丝发似银。

鹧鸪天·赠国生金花

　　自古人生风雨频,刀山火海两同心。同舟共济为煤炭,谁计沉浮与水深。　　鲜花妍,送国生,相濡以沫献青春。欣逢今世风光美,日夜双飞养百灵。

鹧鸪天·马路通家乡

　　自古湘西行路难,肩挑人扛上青天。羊肠石缝来回转,世代儿孙腰压弯。　　天地变,改新弦,移山倒海建平川。家乡马路通天下,万户千家换笑颜。

地质尖兵

　　锤子罗盘常在身,披星戴月钻山林。
　　长城内外探泉水,纬地经天找矿金。
　　海角天涯查矿路,改革开放引科星。
　　无私无愧立天地,甘献青春与子孙。

观 16 届亚运会中韩女排决赛

亚运体坛圣火升，群雄逐鹿振人心。
女排决赛争天下，胜负难分谁冠军。
韩女防攻风雨骤，中方扣吊胜雷霆。
淑红四发创奇迹，扭转乾坤喜泪盈。

湘友吴起军

潇湘清水洗浊尘，毓秀钟灵育圣君。
子厚一言解万婢，吴军一语重千金。
江南塞北皆知己，海角天涯献爱心。
千古中华多仁义，风流人物看当今。

中国粮食总产突破万亿斤

人类生活粮为纲，靠天吃饭总心慌。
昔年"八字"田园富，今日"四靠"粮满仓。
科技兴农下田野，种田免税破天荒。

南袁北李育良种,万亿粮食天地香。

注:中央电台多次广播,2011年粮食总产量达10928亿斤,闻之非常高兴,在多难多灾年代,连续8年增产。创造了有史以来新纪录。特以诗铭记。"八字"为水、肥、土、种、密、保、工、管。"四靠"为政策、科技、投入、价格。

兔年迎春二首

瑞雪

瑞雪纷飞兆大年,东风送暖到人间。
千家万户团圆乐,国泰民安福寿全。

春节

常忆童时盼过年,鸡鸭香味令人馋。
拜年亲友给文礼,心比蜜糖梦也甜。
大人劳作在山川,刀斧犁锄不下肩。
力尽精疲身心瘁,愁容苦笑乐一天。
今朝口味讲新鲜,海味山珍心里烦。
萝卜青菜餐最美,星移物换八十年。

高原行路难

秦晋高原行路难,驴驮肩扛几千年。
壑沟蛛网成天堑,世代移山难梦圆。

开放东风破旧关,穿山高速胜平川。

愚公美梦终实现,万里江山一日还。

读黄文辛老师《卧风楼诗稿》有感

捧读诗词逸兴飞,东风化雨润人心。

雄鹰步月访仙女,银燕穿云会海神。

五岳观光增浩气,杏坛桃李育精英。

春蚕作茧万民暖,一朵红花香百春。

戎马生涯二十载,雄鹰展翅上天庭。

经天纬地随心转,步月凌云任意巡。

万水千山收眼底,五湖四海一览清。

一身浩气撼天地,翰墨诗词字字金。

水调歌头·煤矿工人

戴月披星去,夜露晚归门。煤山巷道穿行,日夜采乌金。酷暑寒天一样,何惧地动山摇,矢志献青春。为建大中华,热血洒乾坤。

东风动,春雷响,百花生。科学发展阔步,致富再长征。船弹升天揽月,潜艇五洋擒盗,为有太平春。世界大同日,天下共鸣金。

117

两会雷声

北京三月动雷声，万里东风又绿春。
科教同心攻五化，工农联手建尧村。
农民免税粮库满，万众欢呼喜泪淋。
盘古开天人为本，千秋万代百花新。

沁园春·庆党九十周年

建党南湖，九十周年，地覆天翻。看长江南北，改革开放，沿海经济，如日中天。万里黄河，蓝天碧水，欲与五洲共比妍。抬头望，观星船揽月，科技攻坚。　　神州风雨频繁，千百载人民岁月寒，曾推翻帝制，驱逐倭寇，金陵解放，统一江南。红色中华，五洲震撼，虎跃龙腾天地欢。今天下，望神州大地，国泰民安。

读《十二五规划》

规划恢宏震众心，改革开放震乾坤。
三三减保人民笑，五化提升举世惊。

经济增收两同步,资源环保利人民。

科学发展创新路,国泰民安日月新。

注:五化为工业化、信息化、城镇化、市场化,国际化。

日本九级大地震(古风)

东瀛地震世空前,海啸船翻核爆连。

房倒山崩地塌陷,灾民无语泪湿衫。

一方地震五洲助,大爱无边动地天。

宇内人人献点力,移山填海建家园。

日本岛国多风雨,地震火山常相牵。

欣喜黎民有骨气,千难万险两肩担。

注:2011年3月11日,日本发生里氏9级大地震。

土地歌

黄金未为贵,土地胜金窝。

留得三分地,儿孙世代活。

不毛开垦者,血汗汇成河。

牢记先人苦,珍惜寸土坡。

青山绿水在,世代育人多。

春种一升粟,秋收百斗箩。

衣食人温饱,国泰民安歌。

观马琳马龙比赛

两马乒坛决雌雄,奋蹄扬板显神功。
银球飞舞动天地,攻守扣杀似箭弓。
左右开弓如雷电,发球攻守若狂风,
小龙两胜争优势,老将反攻高炮轰。
六个回合无胜负,谁摘桂冠都是龙。

煤田老少兵

登山知地宝,敲石识泉情。
望海知潮起,观云判雨霓。
人生千里眼,耳听万山鸣。
谁晓千年事,煤田老少兵。

读王朗秋诗词有感

岳麓书生一代星,钟山矿所数精英。

南征北战掀天地，万水千山找矿金。
一代风流有郎君，春风得意百花新。
珠玑诗赋挥毫墨，海角天涯送温馨。

望子成龙

望子成龙大任肩，负笈千里选学园。
三年苦背中外语，十载攻读数理篇。
两耳不闻天下事，一心思念爱书山。
世人只问学习好，哪管儿孙苦累寒。

世事沧桑

世事沧桑风雨频，学生何以主乾坤。
千难万险向前闯，梦想成功勤奋拼。

潞安煤矿数英雄

王庄窑洞聚精英，中外名家探乌金。
男女书生抒壮志，掀天揭地建新村。

潞安上党外人讲,无水金山难为羹。
湘晋愚公不怕虎,移山倒海找水星。
煤炭红炉锤锻金,矿山井下炼红心。
山摇地动胸中数,一发千钧顶万军。
勘探英雄战天地,清泉滚滚上楼门。
煤田地质开新路,窑洞今朝日月新。

忆河津矿难

河津矿难震五洲,亿万人民泪不休。
三通直道解危难,八天抢救创一流。
智利铜矿水患愁,救援平巷慢如牛。
中国直孔新经验,抢险救人全世优。

注:智利北部圣何塞铜矿,2010年8月5日发生塌方事故,井下33名矿被困在699米的矿井中,原来采用井巷平道救援,预计要4个月才能打通,后改用中国王家岭钻孔直道救援方法,69天就将33名矿工全部救出,创造了世界奇迹。

奇趣

壁画无风千尺浪,词中有雨不闻声。
高山流水知音赏,百战黄河巧用兵。

诗咏铿锵令人奋,曲歌调令受欢迎。
谁人谙练其中妙,善解忧愁浩气生。

游子思

故国家园路几千,乘云驾雾闯边关。
朝阳一出如红豆,游子思亲泪满山。
一日三秋多缱绻,整天思念睡难安。
胸中永有真情在,海角天涯血肉连。

家乡情

辞别家乡六十春,星移斗转百花馨。
钟情唯有大塘水,冬去春来一样清。

煤海之歌

西北煤田万矿家,黝黑晶亮暖天涯。
满园开发千家喜,四季香飘万众夸。
工厂靠炭送光电,农村喜爱抱金娃。

五洲闻讯心花放,三晋千秋富万家。

示太郎

康大世称牛,德行在自修。
寒窗多奋进,时代竞风流。
多少朱门后,落魄流九州。
茅庐出将子,山野育公侯。
日月东西转,彩霞在雨收。

咏牛

餐餐草料度一生,俯首鞠躬力万钧。
地覆天翻心不动,人歌燕舞伴春耕。
长年奋斗为民利,日夜耕耘不计程。
为使苍生多美好,刀山火海献终身。

忆赛考三首

首中状元

五月端阳锣鼓嚷，龙舟竞渡满三湘。

书生两校比文数，首中状元太异常。

牛仔无书首开航，他人名落孙山旁。

高低倒挂难服气，复试依然夺魁郎。

巧摘桂冠

世事沧桑风雨狂，羊年无路考耀祥。

匹夫有责论天下，君子怀德抒四方。

天地家国本一体，皮毛血肉共存亡。

军民协力驱倭寇，男女同心打鬼狼。

一代青年多壮志，三无牛仔进学堂。

鲥鱼得水心中笑，龙子翻波万卷香。

刻苦攻关终有效，班中考试状元郎。

三次夺冠（古风）

高跳四级心里悬，三年功课一年完。

枕书待旦连轴转，卧草裸席年月连。

夏日生烟无畏暑，冬天雪冻不知寒。

老天不负山村汉，苦后甜来摘桂冠。

高中招考震三湘，千里书生奔耀祥。

学子疾书答考卷，老师朱笔点评忙。

人人梦想登金榜，个个心中日夜惶。

金榜题名昂首望，山村牛仔状元郎。

浪淘沙·雪中送炭二首

大雪落襄垣，数九寒天。胎儿临产没能源。路冻山封无处借，辗转难眠。　"邦玺"解人难，送炭生烟。婴儿生在炕中间。姥姥大夫都不见，母子天翻。

湘晋好人缘，大爱无边。邻人闻信速支援。雪夜踏冰找医士，动地惊天。　护士奔床前，怵目惊观。血糊母子躺一团。包好婴男嚎哭闹，险转平安。

竹枝词四首

鸡犬鸽声催早行，老牛哞叫闹春耕。

山村男女同歌唱，税免农民三保金。

提刀呼伴上山林，一路歌声百鸟鸣。

爬树劈柴同比赛，谁人胜过小猴灵。

农村童子不平常,割草砍柴日夜忙。
星月看书别有趣,山民出个状元郎。

山汉攻书有妙方,月光映雪看文章。
诗书日夜不离口,一路哼声翰墨香。

文武并举

自古国强想富民,重文轻武事难臻。
工农数代无人问,一子登科天下名。
今朝文武重德行,士贾工农兵显能。
上下同心谋四化,状元行行五洲闻。

女状元李润兰

三晋煤田一润兰,雪霜风雨似悠然。
花开烂漫白如玉,香气飘芳沁肺肝。
磨剑卅年心里乐,钻山找"刺"为能源。
欣逢盛世风光美,五子登科中状元。

赠煤勘总工

南雁高飞到北关,铁锤敲石探资源。
跋山涉水心中乐,北战南征似等闲。
老骥耕耘六十载,黄牛心血百年传。
苍天不负有心汉,八十春秋又状元。

观煤勘战友书画有感

凤舞龙飞满院新,诗词字画沁人心。
挥毫泼墨山川秀,万紫千红遍地春。

龙城科技联谊会八首

鹧鸪天·第17次聚会

萍水相逢总有缘,专家学者探资源,千山万水找金矿,四海五湖堆满山。　　天日月,地山川,长年相伴梦流连。乘风破浪千帆顺,花好月圆心里安。

鲁荣安两战友

鲁园桃李绽春香，淑女荣安中外芳。

国泰民安天下乐，幸福康健乐无疆。

赠工大水工院专家

工大杏坛四海开，百花齐放育英才。

校园桃李名天下，水利专家壮志怀。

治水环评显身手，科学研究创新牌。

承前启后传薪火，立雪程门接踵来。

临江仙·会友团聚

万里春风吹绿野，东方发展争优。中华儿女数风流。青春报祖国，热血谱春秋。　　风雨沧桑情谊厚，同舟共济谋求。无私奉献胜如牛。江山无限好，浩气贯神州。

萧菁英战友

潇洒人生乐九州，青青学子占鳌头。

英雄自古出勤奋，三晋中华一代侯。

鹧鸪天·赠晋华博士

三晋人杰地美灵，中华儿女数明星，校园博士多奇志，不爱权官慕野君。　　风有度，重贤能，忘年交友数知音。灵犀一点通天地，万紫千红遍地春。

赠王富忠战友

尧王华厦首贤君，民富国强天下钦。

一片忠心为社稷，光明磊落美乾坤。

马履晋会友
太原天马万山行，倒履迎宾为水清。
三晋愚公创新业，引黄太旧济苍生。

鹧鸪天·忆初会

春暖花开草木稠，衔泥燕子乐悠悠。东西百鸟鸣双喜，南北万民忙种收。　　淑女笑，俊男瞅，含情脉脉欲言羞。鸳鸯戏水来指点，小妹为媒订百秋。

采桑子·矿工

矿山井下安全好，风雨无愁，地震无忧。酷暑冰天一样秋。青春壮志不言苦，头顶山丘，心系神州。手采银金四海流。

一剪梅·地质人员

手把铁锤查地层。开土寻银，点石成金。罗盘锤敲识浅深。设计精心,探取岩芯。　　万险千难矿建成。一种构思,万众欢欣。乌金滚滚出山门。三晋歌声,四海弦琴。

钻探职工

长年日夜战山林,风雨尘霜满一身。
眼望天轮转日月,脚蹬刹把探金银。
时人不解其中意,赤子为民报寸心。
为有国强多壮志,甘流热血献青春。

赠淑洋梦月

谭江淑女恋杨君,梦月凌云洋气升。
湘水逢缘岳麓会,昆明相伴五十春。
同心建设边关道,志在国强富万民,
幸喜民安国泰日,福禄寿喜满门新。

赠牛空军及资环院战友

桃李花开满苑新,张灯结彩庆新婚。

天仙红叶颂诗会，日月光辉永照心。
东鲁泰山育丽人，牛郎董女眷空军。
三生有幸萍相会，比翼双飞乐百春。

美国之行

八十山汉跨国行，盘古开天第一新。
万水千山迎我笑，阳光玉兔照征程。
朝辞纽约彩霞媚，万里北京一日臻。
中美风光观不够，飞机已过天安门。

考验三首

首次考验

大雪纷飞电话嚷，钻机有事催查岗。
冰天黑夜雪封路，爬滚跌摔到钻房。
以假乱真极可气，煤芯对比识荒唐。
工人一听心惊怕，识破阴谋胆战慌。

走四方（新声韵）

有志男儿走四方，辞别父母到煤乡。
牛棚破庙创新业，窑洞潞安谱首章。

乱点鸳鸯

太谷旅馆甚荒唐,老板糊涂点鸳鸯。

男女不亲心永记,朦胧待旦跑出房。

岁月之歌

岁月之歌响晋湘,天涯海角拾文章。

牛耕锤探心胸亮,成败是非请品量。

伟人毛泽东

万里晴空一点红,中国出了毛泽东。

韶峰月亮有瑕点,无愧东方第一龙。

贺太原知音五首

记刘总王国栋及煤管局老友

人生难得遇知音,战友真诚似海深。

风雨沧桑共冷暖,登山下井问安宁。

一身正会撼天地,两眼眈眈鸣不平。

热血一身洒煤海,能源基地有功臣。

贺史杰局长九十大寿

日照泰山育劲松,人杰地美物华丰。
山东好汉多奇志,忠义报国求大同。
抗日杀敌流热血,驱蒋除霸为天公。
无私奉献九十载,煤海沉浮数虎龙。

赠好大夫

好果万民亲,珑玲悦耳声。
同心谋四化,志在保民生。
为有福康乐,人逢百岁龄。
真诚防治病,美丽靓青春。

吴季发老友(古风)

湘祁学子会中南,岳麓橘州学矿田。
壮志北飞寻矿产,呕心沥血总心欢。
吕梁太行探金属,三晋尖兵动地天。
为保祖国新四化,丹心妙手绘山川。

读孙忠靖七十年《人生荟萃》

真实故事最感人,荟萃人生恩爱情。
椽笔珠玑十万字,经天纬地放光明。
呕心沥血七十载,资水三湘献爱心。
竭虑殚精精力瘁,千红万紫满园芬。

读太郎小学毕业论文

书生孺子不平凡,毕业论文五百言。
留美华裔处女作,高谈阔论震群贤。
茫茫大海选题难,铁路运河收眼前。
历代中国真伟大,漂洋跨海建新天。

煤地局成立 60 周年

身背三宝走山川,破庙牛棚心里安。
敲醒地球千万矿,掀开三晋水千泉。
建国伊始短能源,煤炭尖兵重任肩。
大战潞安动天地,山西日月展新颜。

山西矿区找水古风八首

中苏合作战潞安

一五方针重点明,工农发展目标清。
潞安会战一四一,三晋人民喜在心。

地质钻机遍野岭,测量钻塔满山林。

中苏两国同勘探,技术一切听外人。

动地惊天探矿水,愚公娘子战晨昏。

一年艰苦出战果,南岭佳篇送北京。

短少水源难建矿,王庄扩大再重评。

五十公里为圆圈,学者四方齐出寻。

马基亲身一线看,调查全部水无痕。

子孙后代须牢记,"奥纪"潞安无水星。

群众书生显身手,普查小组钻山林。

踏勘上党山川地,找到辛安大水群。

枯季流量八十万,清泉百万扭乾坤。

普查报告传佳讯,领导闻知喜在眉。

长治奥灰找出水,山西煤炭得新生。

鲁筛书记闻知讯,专往潞洲问水情。

地质人员汇报后,赞扬勘探有功勋。

职工群众真艰苦,大米八斤表寸心。

千万人民心里喜,儿孙世代永铭恩。

注:泉水流量为立方米/天。

忆富家滩矿找水

禹王治水到今天,灵石汾河水涸干。

历代火车拉水吃,人民日夜盼甜泉。

水龙受命到灵县,富矿清泉进户园。

吃水不忘钻井苦,九龙治水数英贤。

灵石汾西为水忧,西山滴水贵如油。

人民千载仰天叹,何日水源解渴愁。

省长龙王解水忧,自流泉水到高楼。

久言我党办实事,人道万能颂百秋。

注:1960年,贾局长找作者谈话说:人言共产党万能,所以老百姓喊万岁,新中国成立这么多年,富家滩矿还是没水吃,这叫什么万能,你到那里去亲自调查研究,争取在那里找到水。后来,经过调查找到深层岩溶水,解决了吃水的历史难题,媒体一时传为奇闻,共产党真能。

忆吕梁三线找水

吕梁山上起风云,三线军工雷厉行。

两派风烟似水火,一言有水定乾坤。

有人欣喜传捷报,反派狂徒动卫兵。

人马双车追到县,满城搜遍找昭君。

一波未静再波生,翌日交口再堵人。

抓住打残来揪斗,此言不改不甘心。

二上吕梁有卫兵,安全保卫专家身。

查明山上各岩类,两地中深含水层。

钻出水头自流井,吕梁黎庶尽欢声。

军工生产向前进,备战备荒天下宁。

千万尖兵战太原

科技攻关喜讯传,太原探出自流泉。

单泉出水六千日,盆地资源百万天。

千古高原水缺少,山西煤水令人寒。

十年九旱人民怨,水短煤长致命关。

太行吕梁常水旱,大同煤电火烧山。

挖潜节水齐并进,杯水车薪难开颜。

长治水源暂够用，辛安泉水保能源。

漳河水库可挖潜，合理规划济豫难。

总理听完心喜笑，太原探水数奇观。

亲明四点指方向，规划引黄旱魔闲。

注：1983年，煤炭部与中科院联合攻关，组织太原等四矿区水源勘探会战。同年8月，山西煤田229队在太原三给村垒边打出了第一口自流井，水位高出地表23米，每天流量达6000立方以上。《光明日报》《山西日报》等均作了报道。山西省也写了报告，引起中央的重视，为此李总理指示煤炭部，速派一最熟悉现场情况，了解全面的基层科技人员来国务院汇报。为此陆远昭奉命到中南海，向李总理全面汇报了山西煤水资源情况。总理边听边问边点头，汇报后总理说，你汇报的情况和我掌握的资料基本一致，立即整理资料报国务院，最后作了四点指示指明了方向。

阳泉水源换新颜

煤田队伍历艰难，几进几出探水源。

探到深层岩石水，暗流东到娘子关。

阳泉缺水几千载，饭馆来宾饮水难。

群众力量拓天地，小河开采岩溶泉。

人民力大真无比，代价实高苦味全。

矿队尖兵打深井，十年接力苦登攀。

亥年会战岩溶海，钻井完成三十三。

群孔大型同试验，百人大战四十天。

两局地质同心干，报告水源优质甜。

总理钦言全动用，阳泉日月换新颜。

注：阳泉局水源在武承炜、陆远昭、田庆路等人多年努力下终于得到解决。

大同水源解旱难

大同雨少亿千年，秃岭荒山坡陡悬，

煤铁金银遍山采，涸鱼无水困山滩。

四方学者来参战，盆地浅深两手勘。

南雁尖兵献科技，山边探到有浅源。

水源平旺传捷报，探水浅层著首篇。

大战御河沙砾水，喷泉冒水令人欢。

砂粗沟口水源好，发现山边喷水甜。

断裂奥灰岩石薄，深藏地下洞相连。

朔州断裂神泉冒，露矿水源暂过关。

杯水车薪难救火，僧多粥少怎分餐。

人民昂首仰天盼，何日引黄旱魔闲。

注：大同水源在范培生、刘士斌等人和115院多年努力下终于得到初步解决。

孔勋部长调查煤矿水源

矿山探水历艰难，历代阳泉少水源。

部长亲身做调研，阳泉矿井解难关。

全省矿区全跑完，每天汗气睡难安。

阳泉宾馆也干旱，无水淋身笑话传。

矿井周围黑地面，平时洗澡似登天。

职工部长共忧患，煤矿何时少旱年。

尧乡打出自流井

盘古开天降圣贤，丁村文化五千年。

尧乡自古水滩苦，黎庶望梅心底酸。

励志练兵惊旱野,卧薪尝胆克难关。
尧乡打出自流井,五帝三皇开笑颜。

开放改革引外援

开放改革招外援,朔州露矿谱新篇。
美中合作开新路,雁北人民换地天。
弹指一挥六十载,天翻地覆换新颜。
翻身别忘开荒者,勘探尖兵苦辣酸。

擒龙尖兵

山西煤炭似黄金,水是工农性命根。
煤矿瓦斯为祸本,生活环境保人生。
综合开发煤为主,人类幸福千代春。
誓将青春献煤炭,擒龙伏虎数尖兵。

太原汾水又常流

太原兰晋万年流,汾水滔滔歌不休。

溪涧鱼游田虾跳,稻香谷米唱丰收。

人民劳动歌声响,渔乐农歌梆子喉。

文武帝皇称盛世,尧天舜日万年讴。

中华历史五千载,华夏文明百代秋。

物少人增无限取,河干泉少旱情忧。

综合治理汾河水,保护源头碧水舟。

环境资源规划好,引黄入晋解民求。

十年开发山川变,水秀山青成绿洲。

三晋人民又歌唱,山西汾水又常流。

端阳节有感

青山绿水满园林,棕树芭蕉遮绿荫。

茶水观音色味美,海生过节尝洋荤。

鱼龙蚌蝎迷人眼,虾蟹龟甲由你遴。

海味山珍数不尽,琳琅满目赛南冥。

昔年几代战山林,四季糠菜伴苦丁。

梦想丰年吃饱饭,居安康健度平生。

今天有幸洋荤宴,鱼翅海参味道新。

可叹囊中钱太少,一餐胜似十天薪。

鹧鸪天·嫦娥笑满怀

春日花飞遍地开,桃花朵朵向阳台。东园香色迷人醉,眉月照蝶飞进来。　　人已静,悄声乖,风吹罗帏润红腮。龙飞凤舞心舒畅,天上嫦娥笑满怀。

龙年高考两首

一

日出东山五彩霞,陆塘地美育奇葩。
资湘龙脉传千里,龙虎欢腾进万家。
南岳书生遴北大,北国学子考清华。
功夫不负苦心仔,一举高飞万众夸。

二

今年统考不寻常,亿万人民献爱忙。
有志书生竞摘桂,一家三中破天荒。
纵观天下英雄事,成败得失五味尝。
读破万书胸有数,挥毫泼墨著奇章。

今年陆瑶考取美国研究生,龙龙考取清华大学,宇豪高中统考全班第一名。

鹧鸪天·煤田抢险团队

三晋煤田勘探军,钢身铁手探地层。掀山揭地开荒岭,长城北岳找银金。　　勘探队,专攻精,救援抢险自请缨。悠娴开拓直通道,万井千山不差分。

微机领头兵

微机开路领头兵,鼠柄一挥土变金。
海角天涯指富路,神州天地改乾坤。

煤田地质局老局长四首

局长申梦华

东陵坟地建煤家,华北煤田数梦华。
勘探资源为四化,八千子弟报春花。
全局创业万般苦,露宿风餐就是家。
为有幸福洒热血,千红万紫满天涯。

143

局长石明

吕梁抗日数英雄，志士石明第一流。

抗日杀敌冲一线，不除鬼子不回头。

能源地质显身手，"八字"精神补歉收。

热血一身献煤海，得失名利不追求。

注："调整、巩固、充实、提高"八字方针。

局长白天

太行愚公壮志酬，白天有梦谱春秋。

高平会战攻五字，三老四严重主流。

品质第一心牢记，好中求快巧谋筹。

全心全意为民利，一世清白万众讴。

局长张希尧

希尧志士敢屠龙，抗日烽烟鬼子愁。

正气一身动天地，煤田地质壮志酬。

喜鹊与人

百鸟筑巢鹊最灵，衔枝啄泥建高瓴。

精心设计层层沫，雨雪风霜温暖身。

喜鹊待人多送爱，清晨每日叩窗棂。

天天喜事传捷报，日落西山报晚宁。

说姻缘

自古流传一句言，姻缘千里一丝牵。
百年修炼同船渡，万世积因共枕眠。
小少谁识择友爱，青梅竹马绕山川。
红男绿女随心恋，待到知时已茫然。
人生天地万年传，红叶题诗萍佑缘。
举案齐眉梁孟美，夫妻恩爱百年甜。
人生最贵真情恋，磁性相吸日夜连。
地震山坍心不变，同舟共济伴终年。

赠苏州战友两首

一

南雁相逢会潞州，煤田地质数风流。
雄心壮志献三晋，顶天立地钻地球。
开拓煤山处女地，探求泉水灌神州。
江南塞北战风雪，何日青丝霜满头。

二

苏津儿女当尖兵，不恋天堂北岳行。

一把铁锤查地质，一张白纸点乌金。
同舟共济创天下，献了青春献子孙。
为有幸福多壮志，甘流热血写秋春。

太郎牛仔出留洋

山村牛仔出留洋，城市书生笑断肠。
纵览豪门多博士，未闻蓬户有书郎。
狂风暴雨山川变，月落星移出太阳。
盛世欣逢环境美，留洋跨海好时光。
亚兰学校首摘冠，攻读"长藤"名四方。
天下青年多志士，校园中外竞群芳。

湖南妹子闯煤乡

湖南妹子闯煤乡，"三宝"身装敲矿藏。
草垫牛棚度雪夜，洞房驴厩破天荒。
北煤南运精心尽，西气东输献炜香。
风雨征程多故事，蓝天碧水妙诗章。

注：铁锤、罗盘、放大镜为三宝。

一把铁锤寻矿产

平生喜爱当尖兵，万水千山到处奔。
一把铁锤寻矿产，一张白纸画成金。
同舟共济闯天下，破浪乘风万里征。
为有能源建四化，甘流热血写乾坤。

红心向党报中华

铁锤一把走天涯，野岭荒山就是家。
纬地经天寻宝藏，红心向党报中华。

煤炭地质之歌

煤炭建国开首篇，中苏合作战潞安。
八千志士齐拼进，科技领军有希廉。
五岳五湖全踏遍，经天纬地找煤田。
一把铁锤开天地，心为华夏献资源。
白手成家战潞安，一张白纸绘山川。

科学开发煤田井,开放改革总领先。
战士无私齐奋进,刀山火海敢冲前。
长江南北创天下,甘献青春改旧颜。

忆岢岚插队

草屋四壁透风雨,狼犬房前战不休。
屋顶鼠猫跑马戏,女娲炼石也愁修。
无煤缺水令人苦,数九寒天冻死牛。
插队职工心里想,天涯何处不春秋。
人人都有一双手,自力更生何有愁。
老伴养殖显身手,鸡羊猪兔叫山头。
人勤土地也知报,蔬菜丰收土豆优。
村里乡邻齐夸赞,一家六口数风流。

参观刘少奇纪念馆

花明楼里恨真多,千古奇冤泪雨沱。
六字诬加陷囹圄,铁窗病饿苦折磨。
无名火化成黑鬼,中外千年未听说。
欣喜三中正天下,平冤昭雪万年歌。

参观韶山毛泽东纪念馆

太阳一出满天红，天下英雄有泽东。
纬地经天驱虎豹，移山倒海除罴熊。
井冈星火燎天地，万里长征世代功。
抗日驱蒋传捷报，中华统一万年红。
西坡会议谈形势，运筹帷幄决雌雄。
北战南征驱倭寇，东平西讨扫蒋宫。
钟山风雨定天下，百万雄师追匪踪。
幽燕龙人一挥手，山摇地动换新容。

采桑子·庆重阳

山西煤炭风光好，遍地菊黄，瓜果飘香。跨越转型分外忙。
尖兵常恨时间快。风雨沧桑，今又重阳。三晋乌金献五洋。

鹧鸪天·声浩总结有感

十五年华血气刚，千难万险敢承当。枕书待旦恒勤贵，竞赛攻坚压众芳。 书万卷,各言长,百花齐放比谁香。一分为二胸中藏,挥笔涂鸦闯海洋。

赠校友熊开明夫妇

岳麓湘江橘子洲,太阳岛上并州游。
白山黑水攻科技,辟地开山探地球。
南北煤田显身手,千山万水找煤油。
全心肝胆为天下,汗洒乾坤不计酬。
圣母侍童奇绝妙,傅山诗画誉五洲。
八王将相名天下,武后则天四海优。
难老泉流通四海,游人潮涌数风流。
晋祠山水名天下,乔院平遥冠九州。
更喜五台佛圣地,祝翁长寿百年秋。

团圆梦

西南洋妹北维淮,秋水望穿人不来。
南北春城共欢聚,星移斗转发毛衰。
沧桑风雨随时变,老态龙钟快痴呆。
桂晋双胞常眷恋,龙城何日再开怀。

咏云南石林

远看石虎侧成龙,四面高低各不同。
钻入洞中天不见,曲径地下反复通。
出山鸟瞅剑牙立,鬼斧神工独有钟。
不谙石林真面目,地球变化亿年功。

读冷光老师诗书选有感

岁月峥嵘真不凡,经天纬地战三山。
驱蒋浩气吞天地,抗日刀光倭鬼寒。
转战大同恋煤炭,诬加"两帽"一肩担。
清风两袖仰天笑,煤海英雄敢捅天。

乐自然

平生喜爱是自然,绿水青山沁肺甜。
晨起园林练拳剑,晚霞星月千步还。
闲时鼠笔书心意,揽古观今天外天。

世界风云多变幻,窗前稳坐写诗篇。

迎泽公园菊展四首

南湖船井冈山

南湖会议聚英贤,辟地开天建政权。
砸碎山川旧世界,神州日月换新天。

遵义娄山关

娄山高耸入云天,放眼五洲四海宽。
迈步雄关求实事,"左倾"一扫换新颜。
长征万里开新路,快马加鞭不下鞍。
喜看江山新面貌,英雄到处百花鲜。

宝塔延安

巍巍宝塔立山尖,窑洞灯光照地天。
东渡黄河驱日寇,长城内外扫狼烟。
今朝窑洞开新宇,陕北人民换旧颜。
红色旅游扬正气,红歌高唱五洲欢。

天安门

锣鼓震天响燕山,天安门上换新颜。
东方狮吼山川动,四海龙腾天地翻。
赤县人民顶天地,延安燕舞乐无边。

一国两制开新宇,港澳双归日月欢。

"天宫一号"发射成功有感

当年插队卫星村,乘箭飞翔上月庭。
天女嫦娥握手笑,吴刚摆酒敬嘉宾。
天宫今日上天庭,四海五湖喜泪盈。
天下人民庆胜利,中华红色太空厅。

赠陈美三校友

美丽姑娘志冲天,三生有幸共同班。
校园地质中南乐,友谊长青四海连。
健体常怀天下转,康心自有四海欢。
幸逢盛世风光好,福降乾坤春满园。

明镜台

身似菩提树,心如明镜台。
时常勤拂拭,莫使染尘埃。

世上多风雨，平时要预灾。
莫待冰雪至，再去抱薪柴。

咏内人

家有贤妻万事兴，衣食冷暖不担心。
儿孙抚养成龙凤，父母亲人恩爱深。
比翼双飞连理恋，春蚕到死不离分。
今人肺腑须牢记，万代千秋夫妇亲。

望子成龙

望子成龙万众心，严师指画点龙睛。
千秋教子师梁窦，万世师表孔孟仁。
高压狂风全是泪，和风细雨锥心灵。
因人指引儿童乐，举一反三功倍勋。

读《聂绀弩诗集》有感

酸甜苦辣皆诗赋，喜怒哀伤著妙章。

璀璨珠玑多血注,枯花嫩柳泪淋香。

人生风雪多灾难,天地炎凉百味尝。

世代英雄心不死,天翻地覆两肩扛。

沁园春·煤乡

三晋风光,遍地金香,到处宝藏。视黄河两岸,千山绿浪,长城内外,醋酒飘香,龙脉平阳,太原太行,五帝八皇世代芳。今盛世,喜五湖四海,凤舞龙翔。　山西今古煤乡,全世界英雄昂首忙。看大同煤海,西山煤焦:河东沁水,十类优良。煤炭尖兵,千山洒汗,预测资源万亿强。为天下,献一生热血,国富民康。

浪淘沙·汾水蓝天

汾水展新颜,建库移川。碧波荡漾映蓝天。天堑飞桥通四海,三晋桃园。　遥想万千年,风雨连绵。禹王治水苦无边。今日人龙机械化,换了人寰。

155

父母心

伟大中华父母心，一身热血为儿孙。
春蚕至死丝难尽，藕断丝连万缕根。
养育后人千百万，成家创业累一生。
饥寒贫苦心无虑，为有民安国泰春。

兄弟亲

人生血脉共一根，天下难得兄弟亲。
大被同眠暖九妹，一人有病痛诸身。
同舟共济创新业，肝胆同心跨国门。
风雨沧桑向前闯，人生何梦不成真。

忆童年农事三首

抗旱吊水

石板横空楔井边，谁人敢上闹翻天。
弯腰俯首臀翘拱，手把竹竿吊水翻。

百转千回上下传,三级翻水灌田园。
旁人不识其中乐,滴水浇苗救命年。

自学犁田

童年馌草一肩担,涉水爬山到地边。
秋困人乏家父盹,黄牛吃饱小孩闲。
翻天钻地小牛仔,鞭指黄牛犁地田。
人矮犁高难负重,老牛奋力点头前。
人言南楚多才子,今见田园有状元。
纵览湘西奇妙事,风流孺子创奇观。

耕耘美山河

矮树逢人两相磨,风云变幻海天歌。
人生万事难测定,顺利总超逆境多。
昔日贫无立脚地,今朝田地满山坡。
文盲苦钻成学子,艰苦耕耘美山河。

赠亲家

千里相逢晋国川,同舟共济为能源。
南征北战真情厚,儿女姻缘红线穿。
绿叶红花永相伴,双飞比翼上云天。
愚公有幸耄耋寿,盛世平安乐百年。

岢岚插队轶事六首

野餐

三湘南岳一尖兵,笔点山川石变金。
风雨沧桑天地换,云龙风虎事田耕。
无煤无水又无电,草地荒山剩草根。
土豆草柴一把火,三吹三打快人心。

李家坪掏井

井深百米水汲干,无水为炊翻了天。
谁敢龙潭探秘密,天降大任于双男。
持钎老汉前引路,龙子挥锹掘水泉。
百转千回沙泥净,清泉汩汩到家园。

点井

独步吕梁万里行,查明地面各岩层,
岢岚地下岩层老,坡陡山高水位深。
谁想岢岚掘水井,移山治海北南坪。
英雄南雁献科技,敢教李家山水新。

找煤

手把铁锤千里行,穿山越岭探银金。
岢岚自古传无炭,今日坝山解迷津。

浅地煤层质量好,露天开采利人民。
谁人发现新天地,煤队南来勘探军。

推车

上山爬树砍柴薪,山坳推车陷泥深。
汗水湿身精力尽,黑天野地有狼声。
山穷水尽明生到,协力同心推上坪。
哥俩高谈天下论,千红万紫百花春。

拔草

谷莠小苗难辨清,禾稗千古总孪生。
根茎枝叶貌相近,面目乔装不易分。
天下草苗常相混,假真迷眼乱乾坤。
粗心不慎盲拔草,苗损粮荒罪海深。

伍阳煤矿采样轶事

五阳采样不知愁,矿井安全何要求。
木板秋千上下井,骡牛采运显风流。
一人上井心中抖,半井悬空心发揪。
待到工人救出后,忽觉冷汗涌心头。

贺"神八"发射成功

"神八"欢庆上天堂,世界人民望断肠。
王母嫦娥亲手抱,天宫一吻五洲香。
吴刚捧献桂花酒,玉兔举杯共宴筋。
四海欢呼太空站,天翻地覆凤龙翔。

手足情

人生最贵手足情,十指连心血脉根。
凤舞龙飞九姊妹,男耕女织度寒春。
贫无锥地开荒野,无米下锅菜为羹。
风雨同舟创大业,齐心协力闹翻身。

沈教授放牛

文革故事数荒唐,教授专家多下岗。
下放农村无事做,一鞭在手放牛郎。
昔装两证四时忙,天马行空自主张。

何矿水灾急飞去,安全大事报中央。

鹧鸪天·钻头

　　钢嘴金牙钻杆身,顶天立地探乾坤。刀山火海迎头进,煤铁金银口里分。　　千里眼,万山青,地球内外硬软吞。红心肝胆献三晋,定教黄河水变清。

龙城新夜两首

一

两岸煤山汾水流,乌金沉睡满山丘。
高楼林立耸天地,地宝物华誉五洲。
开放改革思想变,矿工煤嫂写春秋。
东风浩荡暖天下,煤海高原更风流。

二

烟花灯火耀龙城,月亮同人水里行。
织女牛郎共歌舞,天堂人间庆升平。
神州四化升天月,华夏文明又复兴。
四海五洲共欢庆,尧天舜日又归真。

公园新声

公园锻炼好春秋,拳剑棍刀老少头。
书画琴棋争天地,红歌梆子满园讴。
百花齐放同争艳,百舸龙舟竞渡游。
鸟语花香喷人鼻,洋人快照数风流。
常有妪翁说今古,边说边笑又开心。
纵谈中外风云事,横议国家贫富经。
腐败歪风应锄净,害虫毒草要除清。
富穷差大如天地,何日城乡再摆平。

读周珍《路边草》

一

读罢诗词百感全,昔年轶事犹今天。
四人汗洒千山地,父子肩挑进校园。
梦里依稀严父训,学习知识建江山。
寒窗风雪万千苦,不跨西洋心不甘。

二

往事七十春,物换星移。春花秋月百家兴。世代真情红似火,叶茂根深。　　周陆两仁君,耄岁童心。诗词曲赋颂人民。激浊扬清歌盛世,尧舜乾坤。

贺湖南商会成立

欣喜湖南商会成,山欢水笑振人心。
团结奉献创新业,服务晋湘双利赢。
发展人才打天下,改革科技建乾坤。
乘风破浪顺时势,万里东风四海春。

文房四宝

笔

自古羊毫五寸高,锋尖腹厚蕴谋韬。
三军听令向前冲,倒海移山捣寇巢。
叛逃查明依法纪,杀敌勇士立功劳。
人间多少真假事,一字千钧胜万刀。

墨

黑身黑脸铁心肠,肝胆忠心记佞良。
成败是非天地鉴,包公铁面正朝纲。

清官黎庶人欢喜,腐败贪官众骂娘。
四宝同心正天地,言行善恶铸文章。

砚

四面高山一水田,风光妖镜照人寰。
人人肝胆靓天下,个个红心照地天。
除恶扬清歌盛世,惩前毖后谱新颜。
劝君行善莫行恶,遗臭流芳自上船。

纸

一张白纸写春秋,清正廉明传九州。
孔子学说传万世,三皇美德万民讴。
聚麂坑儒乱天下,仁义修身砥中流。
今古英雄成败事,千金难买青史留。

采煤工人

常年日夜上煤山,戴月披星下井间。
头上矿灯似红豆,井中轨线五洲连。
开关电动雷声响,综采刀割煤炭翻。
三晋乌金流四海,五湖商贾早流涎。
矿井地球埋藏深,瓦斯水火要吞人。
矿山救护多奇事,伏虎擒龙探险军。
天下矿山多险境,矿工偏向虎山行。

神州四化显身手,万里煤香四海春。

中南母校六十周年有感

欣逢盛世又龙年,千里书生心浪翻。
岳麓红叶染天地,湘江流水五洲连。
恩师仁义深于海,学子无才有愧天。
常梦中南六十载,师生聚会再团圆。
龙年一梦进中南,登上龙门天地宽。
往事历历犹在目,天翻地覆换山川。
心为四化添砖瓦,地质尖兵重任肩。
板块地洼创新宇,地台地力共争言。
百花齐放鸣天下,海角天涯找矿源。

颂雨花石像三首

中南校友陈美三赠雨花石照片 11 张,看后赋诗,以表寸心。

圣诞老人

圣诞老人慈善颜,中华原为出生源。
龙盘虎踞帝王地,地覆天翻尧舜天。
人世难逢开口笑,欣逢盛世水山欢。

人和国泰民安美,四海五湖尽欢颜。

幸福之家

自从盘古开天地,首数地球头一家。
长住地核心里闷,冲开地幔到山崖。
四方流落没人问,海角天涯不见娃。
建业龙盘虎踞地,今朝欣见幸福花。

夫妻恋

地幔相思亿万年,火山爆发见青天。
山塌水淹永相伴,恩爱长留天地间。

改革开放引美金

改革开放念新经,对外招商引美金。
平朔露天争机遇,美中开发三十春。
高楼万丈顶天地,掘地百寻采矿精。
科技一流现代化,掀山揭地大翻身。
开工典礼震天下,千万人民喜相迎。
总理亲临来剪彩,美方哈默笑声频。
红歌唱醒新天地,星火燎原遍地升。
高举红旗谋四化,科学追赶放卫星。
哈默西方油老板,诚交红色北京人。
科学要赶新时代,再与中华表寸心。

平朔露天共开发,资金设备美方盈,

为求红帽不求利,要染红心乐晚晴。

注:改革开放后,美国石油公司董事长哈默来到中国,拜访邓小平说:我和列宁握过手做过买卖,今天我要同红色中国做点生意,不求营利,要做一个红色资本家。

沁园春·黄河

云海苍茫,银汉泱泱,巍岳青藏。望黄河滚滚,波涛万丈,蜿蜒蛇曲,千转回肠。壶口吞天,龙门飞浪。咆哮高歌入海洋。待冬季,看冰川雪地,天地银装。　　大河千古名扬,引天下诗坛歌颂忙。忆丁村文化,炎黄尧舜。唐诗元曲,千载吟狂。润之辞章,轩昂歌唱,万世中华红太阳。今回首,数英雄人物,天下无双。

学诗歌

八十人生常揣摩,买台电脑写诗歌。

南腔北调音差错,孙笑爷爷笨脑壳。

梁灏八十勤发奋,廉颇虽老饭犹多。

愚夫立下移山志,仄仄平平日夜磨。

咏莲

夏日阳光似火焚,芙蓉吸水溢清芬。
红花绿叶飘香远,白藕青茎不染尘。
莲子九颗同一体,千丝百孔共连心。
刀山火海丝难断,甜爱长留天地根。

鹧鸪天·动地诗

一马当先万马腾,千山万水不停蹄。升天揽月急如火,下海擒龙驱鬼急。　人有志,气灵犀,移山倒海众心齐。资源环境创新业,三晋人歌动地诗。

台湾大选马又连任

龙年台马又连赢,两岸和平气象新。
四海春潮向前涌,神州统一得民心。
炎黄儿女同根脉,世代中华兄弟亲。
风雨同舟创天下,登天下海振乾坤。

长相思·龙年春

龙有灵,云雨生。瑞雪梅花共竞春,家家五彩新。　　国与民,鱼水情。国泰民安四海清,同心颂党恩。

鹧鸪天·龙年闹元宵

十亿人民展爱心,龙年十五闹花灯。五湖四海团圆聚,国泰民安乐百春。　　龙百姓,爱文明,安居乐业太平春。官民老小共歌唱,同颂中华万代兴。

临江仙

今古人生风雨骤,南耕北探悠悠。文革下放事田畴。青春朝气在,几度夺丰收。　　五彩朝霞风雨后,登山下海分舟。铁锤点石谱金秋。风流人物事,笑语醉人流。

浪淘沙·滨海煤香

　　天下数煤乡,首指东方。山西煤炭冠群芳。煤种十全都是宝,举世名扬。　　古代亿年强,滨海煤藏。大同沁水最优良。煤炭产量八亿吨,世界飘香。

赠湘平

湘平春节宴嘉宾,美酒茅台醉众君。
艰苦耕耘流血汗,道德仁义万民钦。
天时地利人和顺,开放改革风雨频。
破浪乘风奋前进,先忧后乐满园春。

名山胜地古风七首

登泰山
泰山壁立两层天,天府王皇昂顶尖。
大陆漂移板块动,地壳运动降升山。
日出东海红天下,月落西山东又圆。

孔庙钟声振四海，人生在世苦登攀。
登尖昂首仰天笑，今与天公试比高。
玉带条条绕脚动，白云朵朵奔身腰。
雄鹰对对飞天地，百鸟双双鸣树梢。
满腹瀛洲尘外事，游人高咏杜诗豪。

登黄山

雄伟黄山八亿秋，花岗脑袋顶天头。
地球板块漂移动，古陆江南独自留。
云海沉浮漫天地，莲花开放亿年收。
冰川滑面今犹见，鬼斧神工天下优。
急登山顶探奇观，云海奔腾脚下翻。
手抵天宫星斗热，脚踏五岳五洋澜。
花岗冰面美如画，冰斗天峰耸似仙。
天女散花织锦绣，晚霞五彩送人还。

登北岳五台

五台北岳两峰连，立地顶天三千三。
佛道金光照世界，长城天堑锁秦关。
始皇征战九州定，统一宏图功大天。
东亚君臣来进贡，中华浩气振坤乾。

拜衡山

南岳风光两半球，奇观风景醉人游。
南坡四季春光暖，北面常年冰雪稠。
独秀高峰南北牖，春风不度断崖头。

游人要识其中妙，南北地球游一周。
夫妻携手下山间，松柏常青百卉鲜。
山石摩崖令人险，花岗人坐赛神仙。
人生在世须寻乐，世外桃源天地宽。
四海翻腾天地变，风光奇景在山尖。

拜峨眉山

绿水青山云海蓝，花香鸟语醉心欢。
人抬花轿两心悸，壁立岩缝一线天。
金顶佛光照四海，善男信女洗尘凡。
平民诚拜心中愿，天地人和世平安。

考查海南

大海茫茫不见边，潮升潮落浪接天。
人生在世一粟渺，四海五湖绕地山。
矿井生涯几十载，不知海阔与天宽。
海南一转心胸大，煤海儿郎梦终圆。
暴雨狂风一阵换，船身稳定众心欢。
仰天大笑山煤汉，波翻云卷只等闲。
海口天涯美味鲜，三亚风景冠江南。
风光鲜果令人醉，海浴沙滩洗尘烦。

四游桂林

榕树游人久有缘，八十四上桂林山。
漓江流水迎人讪，九马奔腾送客欢。
十五月圆华夏艳，双胞老凤庆团圆。

人逢喜事精神爽,山水迷人乐忘还。

读耀祥校志两首

唐生智老校长

耀祥书院育英贤,科技强国文武传。

知耻力行仁义道,好学博古志向坚。

廿年征战半生愿,一将功成两鬓斑。

一片丹心为解放,迎来红色美湖南。

注:唐生智原为国民党陆军一级上将、军委常委。他一生坚持抗日反蒋联共,是湖南和平起义三巨头之一。

浪淘沙·师生情

今古老师恩,天地情深。千山万水永连心,时有电波传喜讯,四海温馨。 桃李满园春,天下连根。春风化雨润无声,待到百花献果日,甜醉人生。

龙龙弱冠初度

人逢弱冠重任肩,满腹豪情登万山。

科技高峰多峭壁,清华学子苦攻坚。

无臂英雄刘伟

无臂青年壮志坚,十年脚趾破难关。
弹琴书画胜如手,折翅英雄飞上天。

一剪梅·勘探郎

戴月披星勘探忙。路上风霜,山地冰凉。除夕依旧奔山冈。热了机场,冷了新房。　　桃李花开遍地香。鸟对蝶双,妻守空房。问君何日可还乡。苦了牛郎,误了娇娘。

三晋颂

秦晋乌金遍地藏,黄河滚滚向东方。
夏凉冬暖金山美,南雁飞来不恋乡。
圣地云冈天下扬,五台第一佛道香。
长城万里名天下,酒醋飘香飞五洋。
尧舜中华开祖皇,神州历史五千强。
八皇创业都三晋,武曌风流世代扬。

古代辽兵北称王,杨家将帅守北疆。
钟山一战江山定,国泰民安世代昌。

中南校友二首

开明兄送核桃

冀市核桃特有名,校友真情比海深。
万语千言说不尽,金兰仁义胜千金。

校友欢聚北京

东西南北已游鳞,校友欣逢北京城。
岳麓情深万金重,尖兵苦乐一毛轻。
樽前谈笑情依旧,镜里飞霜鬓已银。
盛世欣逢国昌盛,冰心老骥又逢春。

笑开怀

十年树木育成材,百载育人出秀才。
五岳山川披锦绣,神州科技百花开。
千军万马探煤海,无数英雄四面来。
地下乌金见天地,五湖四海笑开怀。

父子抬梁板

梁板长宽重又长,村中力士肩难扛。
小孺突想用杠杆,扁担两头绑大梁。
山路弯多坡又陡,高低上下矮难当。
两人前后来回换,终将大梁运回房。

换新天

生逢乱世苦难堪,国破山河图不圆。
半壁东南群妖舞,天灾人祸家难全。
欣逢马列救星党,辟地开天扫夷残。
八一枪声惊天地,中华日月换新天。

乐小康

拿过锄头扛过枪,铁锤草帽跨长江。
牛棚破庙度寒暑,野地荒山找矿藏。
秦晋黄河敲金矿,大江南北探煤粮。

狂风暴雨战山地，两袖清风乐小康。

婚庆四首

新婚

少时相识在田园，小妹约邀两有缘。

心有灵犀一点通，新婚大事一毛钱。

牛郎织女花烛夜，半间牛棚心里甜。

以沫相濡肝胆照，胶漆鱼水乐无边。

银婚颂

家乡相见两心交，磁性相吸永不消。

养育儿孙精力瘁，成家创业压弯腰。

平生风雨两关照，世态炎凉共鹊巢。

戴月披星四十载，双飞比翼乐逍遥。

金婚

宵衣旰食五十年，北探南耕似等闲。

下放登山同雨露，锄苗翻地共饥寒。

雄心改变穷山地，壮志开劈富贵园。

热血一身洒湘晋，梦求花好月儿圆。

鹧鸪天·钻婚

南雁离巢飞北方，跨江越岭找煤乡。霜风雨雪心中热，烈火红炉志气钢。　　　人喜对、鸟成双,鸳鸯喜爱勘探郎。同舟共济六十载,陈酒常喝味越香。

美国之行四首

华盛顿参观有感

白宫国会梦吞天,高塔红河遍地连。
好战公鸡终被宰,白骨遗臭害人间。

参观潜水艇

海上风云天地愁,美洲潜艇逞英雄。
沉浮上下神如电,暗箭杀敌立首功。

亚特兰大奥运展览馆

当年奥运赛兰州,世界健儿壮志酬。
伏虎擒龙显身手,中华儿女竞风流。
人传展馆美如画,遥想参观早有求。
几杆国旗露天立,风光如此笑五洲。

美国参观航母

庞然大物水中楼,立地顶天冠九州。
万弹千机胸内藏,战天炸地神鬼愁。

赠龙城战友六首

陆维芳及工大矿院战友

萍水相逢格外亲，煤田南雁数知音。

四同风雨共甘苦，一片冰心不染尘。

涉水登山寻矿产，披星戴月献青春。

呕心沥血育桃李，海角天涯花果新。

何万龙于根及阳泉局战友

三生有幸会并州，龙虎同心汗共流。

三晋煤山寻陷落，黄河矿井写沉浮。

西山塌陷创新式，平朔滑坡探角优。

三下采煤找规律，千难万险不言愁。

谢满囤赠章

老友知音送玉章，满囤光亮照八方。

晋湘同庆钻婚喜，南北欢呼恩爱长。

昔日红心献给党，今朝赤胆为煤乡。

欣逢盛世夕阳靓，喜唱山歌福寿康。

赠刘金华专家

南雁高飞恋北方，为民服务保安康。

华佗济世解危难，扁鹊回春救死伤。

桃李医德五湖仰,杏林执杖四海扬。

鞠躬尽瘁献于党,壮志红心留世芳。

贺向宝璜九十寿辰

向家儿女数英雄,壮志宏图献大同。

煤海双肩担山地,移山开井胜愚公。

三强两硬不留空,两改三高综采龙。

刻苦攻关不停步,科学战线立大功。

鹧鸪天·岢岚插队战友

南北有缘逢太原,三生有幸四同班。岢岚种地又同伴,太行尖兵共钻山。 天气变,心相连,农村天地品酸甜。同舟共济博激浪,回首青丝霜雪斑。

煤矿工人

煤矿工人志气豪,头灯一戴满山摇。

肩挑日月开煤道,手扭乾坤掘地槽。

综采刀割煤自落,长龙飞舞连天桥。

乌金滚滚五洲送,温暖人间育富豪。

晚眺偶感

五彩缤纷映晚霞，百花林里噪群鸦。
雄鹰划破空中画，鸾凤歌声震天涯。
翁妪同归迈步踏，湖朋钓叟恋鱼虾。
沉浮上下瞬时恋，舜日尧天乐万家。

赞晋煤地勘通讯

煤勘通讯展新声，奉献无私献爱心。
三晋煤田传喜信，八千战士苦耕耘。
掀山揭地点金醒，下井登山探水情。
为有能源供世界，甘流热血献青春。

心宽二首

赋性心宽

赋性心宽似老牛，背包锤帽满山游。
两足踏遍羊肠道，双手推翻人世忧。

饮雪餐风寻矿产，敲山点水解民愁。
今看湘晋小康美，四化扬鞭赶五洲。

不知愁

人生自古不知愁，万水千山乐九州。
天地人和三友顺，自由世界写春秋。

临江仙两首

千百梦

科技攻关千百梦，是非成败难同。千难万险向前冲。神州风雨变，有志总成功。　世界尖兵探山地，五湖四海龙宫。奇山异水藏心中，地球多少宝，笑问老愚公。

一场空

大海滔滔潮涌，人生如梦匆匆。荣华富贵一场空，明星珠宝戴，生死与民同。　尧舜愚公娘子，神医尝草元功。神农端氏喜相逢，桃花人物事，今古笑谈同。

鹧鸪天·"神九"升空

神九升空惊五洲，三人协力建天宫。人才科技两圆梦，世界人民争自由。　　男女配,力无穷,刚柔相济创新功。英雄自古出勤奋,人类千年求大同。

功臣未脱贫

大庆尖兵壮志行,冰天雪地献青春。
两足踏遍荒原囤,双手探明油地喷。
会战职工流血汗,贫油帽子甩洋滨。
铁人思想今犹奋,当代功臣未脱贫。

观电视剧《信仰》

人生信仰不相同,信道迷神都自由。
善恶到头终有报,古今中外自求谋。
哲人信马修身久,消灭剥削壮志酬。
天下人民共联手,幸福定会降全球。

偶感红线多

天下人生百事磨,狂风暴雨上高坡。

时来风顺青云上,运去逆车红线多。
天地沧桑时刻变,登台下海似穿梭。
前途自有光明道,万里征途一路歌。

神九凯歌还

龙飞凤舞上青天,四海五湖尽笑颜。
神九英雄抒壮志,天宫接试凯歌还。

攻难关

升天下海两攻坚,天下英雄竞桂冠。
神九天宫亲吻接,蛟龙潜海七千关。
中华儿女一身胆,揽月擒龙两手牵。
科技攻关奋前战,珠峰台上再扬鞭。

读韩非子功名有感

人要成功靠五星,天时地利不能分。
人心优势得天下,科技先行万事兴。

四面居高天地顺,八方流水向东倾。

近接远誉顺风浪,海角天涯万事臻。

迎泽公园聚会三首

鹧鸪天

暑月迎泽空气新,青山绿水草成茵。新朋老友谈新事,煤炭英雄话逝春。　　说往事,论精英,移山探海数尖兵。乌金滚滚流国外,笑在眉头喜在心。

风雨沧桑六十春

风雨沧桑六十春,牡丹园里话知音。

潞安战友探煤海,上党英雄战日军。

南雁尖兵抒壮志,北国儿女献红心。

欣逢盛世夕阳美,南北江山比翼新。

忆高平会战

高平会战聚精英,部长躬亲统领军。

五字五关战毫米,千军万马抓命根。

五人将帅查智慧,六队英雄赛技精。

辟地开山比干劲,能源基地闹翻身。

薛平贵与王宝钏

平贵原是皇府娃，童年流落到天涯。
丐帮为伍同欢聚，相女宝钏酷爱他。
爱富王允施祸嫁，奸人魏豹计谋杀。
夫妻分散无音信，苦守寒窑一十八。
西凉公主来帮救，枯木逢春又发芽。
恩爱情人终为眷，大凉驸马不思家。
葛青兄妹血书化，血泪千言苦菜花。
平贵多年噩梦讶，单骑奔望宝钏她。

祝陈常益八十大寿

舜王山下一雄鹰，展翅高飞到北城。
秦晋黄河创伟业，长江北岳会群英。
财经金宝五湖进，德义人才四海兴。
艰苦经营为民利，福禄寿喜满乾坤。
人生创业不平凡，白手成家万事难。
苦辣酸甜一口咽，风霜雪雨两肩担。
开天辟地开新栈，桃李满园花果甜。
盛世欣逢风雨顺，圣贤才子谱新天。

自乐

一二三四五,每天忙笔书。

清晨练拳术,早晚逛园湖。

电脑观天下,闲时瞎写涂。

粗茶三淡饭,睡觉梦舒服。

朋友聊天笑,五湖四海殊。

老夫九十岁,梦想百年乎。

鹧鸪天·梦团圆

苏市青年往北飞,跋山涉水探乌金。有缘千里两相会,槐树为媒天作姻。　　张小姐、戏公心,飞回寒寺听钟声。蒋生寤寐思公主,常梦团圆白发生。

三八钻机

三八机组气如牛,敢与须眉争上游。

胸有六甲战山地,中华儿女美名留。

尖兵志士多山汉,不爱高楼恋地球。
热血一身献煤海,顶天立地主中流。

观奥运乒坛中日女单赛

来势汹汹似虎牛,伦敦奥运竞风流。
首局胜券快临手,连放高球压矮头。
胜败四平难预料,谁知四蛋爱全留。
乒坛人物今何在,中日英雄冠五洲。

编《煤炭勘查志》两首

编《煤炭地质勘查志》
勘探尖兵是铁人,满腔热血献青春。
志成百万珍珠字,感动中华儿女心。
煤炭职工流血汗,劈山开井历艰辛。
顶天立地英雄汉,黄土荒山点变金。

青史耀千年
编完勘志发白斑,汗洒荒原苦变咸。
五岳山中寻矿产,长城内外献能源。
六田万矿找煤气,四海五洲寻页岩。

翰墨珍珠百万字,光辉青史耀千年。

雏雁初飞

雏雁初飞万里行,千山万水点鸿泥。
书山开道苦中乐,学海攻关勤贵恒。
西美他乡多雪雨,东方故里少霜霖。
科学世界尽风险,大浪淘金勇者成。

悼战友三首

挽张际华战友

物探测量开路兵,南征北战炼真金。
一生热血洒湘晋,两袖清风照后昆。
肝胆红心献煤海,鞠躬尽瘁为人民。
今朝一梦仙游去,天若知情亦泪襟。

悼战友许林祥

一生艰苦为能源,涉水爬山战暑寒。
戴月披星五岳战,甘流热血暖人间。

悼友人周珍

衡山噩耗震山川，湘水滔滔泪不干。
九十春秋教鞭恋，一夕醉酒上西天。
青云仙女为公舞，玉兔嫦娥献酒欢。
天上人间共欢宴，路边诗草传千年。

赠侄孙陆旺

童年有志读书狂，刻苦攻关自立强。
十载寒窗勤励志，三年创业著新章。
改革开放精神奋，刻苦攻关折桂郎。
天下英雄出年少，科学开道显金光。

最美乡村教师

天下英雄数不完，满腔热血洒杏坛。
汗珠浇育山村秀，无限风光传万年。

残手教师马复兴

残手执教在小村,杏坛一字力千钧。
忠心教育桃李秀,感动人间万代心。

鹧鸪天·科技改天地

忆昔执教在耀祥,一片丹心育栋梁。科技知识改土壤,春风化
雨变山乡。　　昔社会、尽文盲,工农大众受凄凉。春雷一夜换天
地,劳动人民致富郎。

铁笔写春秋

谁将铁笔写春秋,四季风沙雪满头。
勘探尖兵汗泉涌,黄河浊水变清流。
山区黎庶无寒馁,三代胼胝何有忧。
艰苦精神永远记,天涯何处不烦愁。

龙年中秋两首

采桑子·迎中秋

龙腾虎跃山川笑,千里团圆。万户新颜,粮稻丰收四海安。

万山红叶黄花俏,经济翻番。男女航天,民富国强天下欢。

喜事成双

芙蓉宾馆酒飘香,千里乡音聚一堂。

共庆中华歌盛世,龙年万事喜成双。

时来天地皆同力,情到人和万事昌。

南岳洞庭湘四水,千秋万代润八方。

保卫钓鱼岛三首

扫敌兵

钓鱼岛上起风云,日右疯狂想占吞。

华夏人民齐奋战,重拳亮剑扫敌兵。

移山倒海愚公劲,揽月擒鳖娘子军。

谁敢边疆动黑爪,斩他血手断其根。

砸乱妖魔船

钓鱼岛上起狼烟，擒鬼英雄冲向前。

两岸钟馗共携手，金箍砸乱妖魔船。

浪淘沙·铁证如山

东海起狼烟，死火突燃。石原闹岛梦吞天。华夏人民急亮剑，擒妖除奸。　　往事近千年，先帝东戡。亲登岛上赐封官。臣子长年来进贡，铁证如山。

读吴有为《云卷云舒》

南雁高飞塞北行，黄河煤海谱秋春。

杏坛桃李满天地，华夏孔门又复兴。

一阵风雷惊世界，黑风腥雨乱乾坤。

满腔热血付流水，一代精英毒害深。

插队岢岚吴有为，十年风雨练成金。

金猴砸乱妖魔怪，玉宇澄清冤案伸。

天赐培仙来相助，时来运转大翻身。

涸辙之鲋得洋水，破浪乘风万里征。

赠亲友五首

赠陈善辉及铁建战友

小少同耕资水田,青年共战晋煤山。
跨江越岭东西贯,凿洞穿山南北连。
几代愚公同奋力,四方娘子共支援。
千家万户修福路,人物风流万世传。

赠先丽坤海

湘桂山区佳丽窝,沉鱼落雁满山坡。
永福江岸绣球抛,桂市刘郎献爱歌。
石烂海枯心不动,天翻地覆两心合。
漓阳故事春常在,白发青丝恩爱多。

鹧鸪天·致晶弟

小少学习到弱冠,教书一辈苦中甜。经纶满腹要常用,书放田
园要钻研。　　常动脑、莫停鞭,为人师表育人贤。文章道德名天
下,挥笔著书传世间。

梅芝起刚

梅花开放满山香,玉女芝兰共竞芳。
桃李满园天下秀,为人师表冠三湘。
资江山水物华旺,地美人杰育小刚。

清正为民献科技,有官不做世名扬。

思佳客·雷琳贵平

雷厉风行离故乡,平才琳貌两争芳。同舟共济闯天下,海角天涯奔四方。　　湘妹子,北国郎,鸳鸯成对喜成双。北京下海搏风浪,一片丹心献北疆。

回家感怀古风五首

忆往事

弱冠离家耄耋还,乡音半改发白斑。

友亲相见同一梦,祝愿期颐盛世欢。

曾记童年牛粪担,全身汗水腿腰酸。

爬山越岭不知苦,为有粮食度饥寒。

今日田荒草满地,弃农走外赚工钱。

寸金寸土钱粮库,无米无钱乱了天。

漂母一粥救信命,刘邦半饭得江山。

国家粮足人心稳,民富国强天下安。

回乡有感

万里亲人聚一堂,欢天喜地话沧桑。

农民免税千年喜,科技兴农粮万仓。

荜户蓬门都不见,楼房广厦遍山乡。

村级道路通国网,中外书生折桂忙。

示侄孙女

陆村儿女喜人心，三代真情胜海深。
一朵鲜花香四海，资江儿女有灵精。
天才自古多勤奋，铁杵磨针贵有恒。
苦读诗书破万卷，留洋跨海跳龙门。

赠家刚

自古人生风雨频，千难万险向前奔。
狂风暴雨寻常事，雨霁云收又放晴。
人生在世似游鳞，迎浪顶风四方行。
溺水沉浮心里记，不达柳岸不甘心。

鹧鸪天·致陆瑶

雏凤秋飞到美园，冬至大雪异国寒。衣食学课靠自练，作客他乡有万难。　天地转，太阳圆，天涯无处不晴天。星移物换顺时进，万紫千红在险巅。

读王朗秋诗词

建业飞诗到北关，冰天雪地不知寒。
龙光紫气照天地，激起心潮波浪翻。
母校中南共暑寒，湘江戏水浪掀天。

星移物换山川变,何日龙城话逝川。

忆王勃

九月寻亲过豫章,群贤盛会聚滕王。
长天秋水共一色,孤鹜落霞同翅翔。
华序奇篇动人仰,骈文对偶鬼神惶。
命途多舛难酬志,千古哀哉惜夭亡。

献煤田

锄头刀铲拓田园,经纬铁锤探矿山。
铅笔圆规绘金矿,罗盘钢尺找泉源。
胸怀天下不知苦,心系人民敢捅天。
为有能源洒热血,青春壮志献煤田。

中南校友太原聚会

中南一梦六十年,万水千山大改观。
校友激情依旧焕,青春浩气满头斑。

197

文革扫地九州叹，科技升天四海宽。

燕舞莺歌身体健，夕阳五彩再挥鞭。

临江仙

　　大海滔滔波浪，人生难得知音。一身肝胆献红心。登山同雨露，下井共同行。　　织女牛郎登北岳，高谈秋种春耕。罗盘锤子喜相亲。桃花风雨事，饭后笑谈听。

长相思·兄弟姐妹

　　手足情，血肉亲。万水千山连着心。豆萁本一根。

　　兄弟亲，共连心。地裂山塌共顶撑。一生享太平。

　　同呼吸，共秋春。风雨同舟听号声。并肩向岸行。

　　听闲言，争是非。天理良心不可违。神天可鉴明。

长相思·父母恩

　　山有高，海有深。父母恩德数不清。时时永记心。

　　乌反哺，羊跪恩。人类文明日益新。晨昏别忘亲。

九弟兄,共双亲。血肉乳汁哺育成。椿萱剩皮筋。
山水连,鱼水情。千里山河难阻行。天天献寸忱。

秦晋歌声

黄河滚滚向东流,秦晋高原泪不休。
一曲哥哥走西口,十年小妹内心揪。
牛年春到雷声响,万众持枪要报仇,
地道游击持久战,不杀鬼子不回头。

蛇年元旦

龙飞蛇舞又新年,海晏河清百姓安。
科技振兴四海旺,太平盛世五福全。

豆说

天天炒豆芽,豆腐豆油炸。
世代同一母,长年共一家。
粉身为百姓,碎骨爱中华。

但愿人常健,小康路上跨。

悼亲友三首

沉痛悼念建勋亲友

惊闻梓里闷雷声,亲友才伦逝世音。
八七春秋共风雨,六十寒暑苦耕耘。
童年赤脚事田町,年少从军乱世争。
转业黄门桃李盛,忠诚教育献终身。

悼念远虎哥

锄头扁担不离肩,刀斧犁耙没有闲。
为闹翻身求温暖,参军打倒吃人团。
精兵简政回家转,领导村民治水山。
辟地开山日夜战,鞠躬尽瘁为民安。

悼念维准内弟

三生有幸为知音,大庆玉门献赤心。
饮雪餐风战草甸,长流热血写秋春。
石油滚滚献天下,荒地欣欣日月新。
今弟突然乘鹤去,英名业绩照乾坤。

老伴苦寓甜

平生在世似黄连,风雨沧桑百味全。
豆蔻年华常饥饭,读书花季不给钱。
三十儿女绕膝前,身背手牵上幼园。
工作学习流大汗,腰酸骨痛夜难眠。
暴雨狂风不惑年,全家下放到岢岚。
四分五裂北南散,自力更生度苦关。
耳顺退休事稍闲,儿孙功课要加班。
天天饭菜要按点,十载星辰忙不完。
古稀体健四方玩,中外神州转一圈。
亲友同仁共会宴,谈今话古乐无边。
耄年日落夕阳晚,四子登科百事欢。
欣喜中华山河美,平安欢度幸福年。

家事无为

家事无为怪老头,唯余蒸饭有一筹。
杂粮五谷一锅煮,米枣南瓜三水稠。
锅水滔滔汩嘟响,雾云滚滚呼噜抽。
耄年心里需平静,盛世欣逢乐晚秋。

赞洪瑶留洋

青年有志走八方,得意春风展翅翔。
开放改革多妙事,华人洋仔互留洋。
资湘儿女雄心壮,跨海漂洋留美邦。
自力更生创外汇,披星戴月苦奔忙。

兴农重田园

自古重英豪,文章教尔曹。
万般皆下品,唯有读书高。
今朝重田园,文章不值钱。
农民不种地,饿死各官员。

忆晋辉研究所

晋辉建所不平凡,白手成家万事难。
煤矿工程开副业,水源环境谱奇篇。
僧多粥少安排巧,杯水车薪解点馋。

一片丹心为百姓,尖兵余热献新欢。

一语暖乾坤

盘古开天到现今,打工一语悃乾坤。

为民服务百年暖,总理一言春色新。

注:李克强副总理2月3日在包头火车站看望农民工说:今天我给你们打工。

探拙荆

三九寒天遍地冰,老翁踏雪探拙荆。

身无大雁双飞翼,心有黄牛四腿行。

两脚蹒跚艰苦进,一身汗水透衣襟。

恰逢记者觅留景,恩爱真情似海深。

赠环保战友

三生有幸喜逢君,三晋煤田共创新。

平朔露天环保审,美中评价数名人。

寒来暑往人情近,物换星移友谊增。

三十春秋共风雨,百花齐放论新声。

注:1985年,受平朔煤炭公司委托,用40天时间提出安太堡露天煤矿开采对下水环境影评价报告,经中美环保专家评审一次通过,认为达到国际水平。从此与环保专家范文标、赵英杰、杜锐、李义贤、侯正伟、董克、孙果云、范振华、李伟等共事近三十年。

廉不廉

解放初期国尚廉,婚姻大事一毛钱。

牛棚半间花烛夜,鱼水和欢苦里甜。

今日结婚不要钱,房车金链四项全。

知交亲友来赴宴,百万完婚数一般。

神游西藏羊八井

温泉竞喷满山川,热井冲天似水帘。

仙女散花披锦绣,热田高度世居先。

尖兵有志登峰巅,钻井温高难上攀。

水爆蘑菇高百漫,掀山揭地震人寰。

冰斗冰川白雪飘,冲天热井上云霄。

沧桑地动真奇妙,华夏山川多美娇。

今日人民改天地，热能开发数英豪。
喜看西藏地天美，万户千家乐舜尧。

吴子晔获美洲三冠

卧薪尝胆小书生，废寝忘食背典文。
十载美洲比理化，三冠加大数能人。
征程万里开新径，迈道难关再创新。
湘水滔滔前后涌，有材惟楚望诸君。

赠邹杨老乡

永州湘水育人贤，三晋煤乡红线牵。
莽莽高原南北贯，巍巍太行东西穿。
煤田内外四方转，矿井长方上下联。
铁网匠心谁设计，一身血汗洒山川。

清平乐·山乡巨变

山乡巨变，遍地新楼院。路电城乡联网片，四化农村初现。书生攀上京华,留洋世界国家。敢与强国比试,永州甜梦开花。

母亲送子上征程

母亲送子上征程,迈步梯田牵手行。
登上一梯谈国事,爬坡一岭议家庭。
千山万水都谈遍,一点一滴关爱深,
人道在家千日好,出门在外最担心。
国家公事比天大,家里私人似地尘。
牢记家和万事美,为民服务献真诚。
母亲挥手向前进,步步回头两泪淋。

父亲送子上校园

父子双挑上校园,千山万水不知难。
肩挑日月走天下,手扭乾坤左右翻。
翻过一山又一甸,全身汗水不歇肩。
征程来到花桥岸,饮水休息笑语喧。
父子同床万事议,千言万语润心田。
读书几代真难得,一字千金改饥寒。
父母恩德数不尽,儿孙永远记心间。
人生在世须当报,结草衔环世代传。

陆家村放歌

八十无事故乡游，满眼风光不胜收。
昔日草房都不见，今朝大厦满山丘。
羊肠小道无人走，马路宽广似网稠。
不种田园多富裕，老乡曲指数风流。
亲人千里打工走，朋友四方项目求。
歌赋诗词振地动，对联书画满山头。
中央首长会堂照，教授专家壮志酬。
梓里风光说不尽，百花齐放数今秋。

忆王竹泉老先生

骑上毛驴跑太行，长城南北找煤郎。
西山太岳都查遍，人号煤乡三晋王。

四月大雪

并州春到又非春，四月寒天大雪飞。

万物春苗皆冻萎，人民望雪泪沾襟。

春眠不觉梦惊醒，一夜松杨白满身。

非是春风飘柳絮，玉龙飞舞满山冰。

芦山地震

芦山地震令人寒，地动山摇房倒坍。

千万灾民遭劫难，三军忘死救伤员，

白衣战士奔一线，总理灾民血肉连。

华夏人民同奋战，千方百计救生还。

注：2013.04.20 芦山发生 7.0 级地震。

最美教师高玉华

最美教师高玉华，地震房摇不怕塌。

稳似泰山顶天地，师表精神万世夸。

鹧鸪天·再读《流年碎影》有感

三晋山川育虎龙，万荣才子数吴公。流年碎影珍珠亮，遍地夕阳血染红。　　思往事、力无穷,开山钻地贯长虹。能源基地流热血,为献光明求大同。

双塔贯长虹

巍巍双塔贯长虹,永寺牡丹春色浓。
非是物华天宝地,英雄鲜血染成红。
游人心浪翻潮涌,红色江山前辈攻。
继往开来肩任重,同圆美梦立新功。

早当家

山野农民贫苦娃,犁锄挑担早当家。
劈山开地种庄稼,雨雪冰天卖炭伢。
梦想翻身奔四化,耕读科技走天涯。
时来天地春雨下,赤手浇开胜利花。

学地洼

岳麓中南学地洼,创新理论陈国达。

槽台地质陈年久,大陆漂移早有家。
板块学说又重发,力学地质一枝花。
百花齐放开新秀,无限新葩在险崖。

自奋蹄

老骥生来自奋蹄,离岗依旧满山驰。
一身热血献煤水,两袖清风乐布衣。
沐雨餐风心里喜,箪食瓢饮性犹痴。
沧桑两纪风云路,酸苦香甜百味知。

纪念父亲诞辰 120 周年

经常肩扛一支枪,防盗保家打鬼狼。
喜与农工肝胆照,恨将狼鬼扫除光。
一身正气振四海,两腿泥巴五谷香。
妙手回春救伤患,医德人道世流芳。
一生艰苦事田地,四季耕耘日夜忙。
三载天灾华夏降,人多粮少饿伤亡。
农村人病无药救,含恨终身乘鹤翔。
盛世中华黎庶富,父亲地下请安康。

纪念慈母诞辰 118 周年

小脚一双行路难,劈柴喂养一人担。
全家百事心无烦,饭菜三餐累骨酸。
天下亲情深似海,中华母爱大于天。
儿孙抚养鞠躬瘁,慈母恩德世代传。
自古人生风雨频,天灾病祸料难清。
心中总想母身健,晚报双亲寸草心。
谁料突然乘鹤去,远方儿女罪重深。
生前未尽欢心敬,奠酒三杯告慰灵。

忆改革开放

改革开放快人心,沿海人民致富春。
群众千年看榜样,人民精神大翻新。
一国两制开新论,港澳回归统一心。
华夏人民思奋进,国强民富万民钦。

手足情三首

映弟八十大寿

一生艰苦事田园,八十犁锄不下肩。
双手耕耘事田野,自由劳动乐无边,
闲居城市常多病,劳动农村天地欢。
自古工农创世界,山清水秀乐天年。

远财弟

一年四季事田畴,暴雨狂风不畏愁。
两手耕耘儿女地,双肩担起百家忧。
祖传医药解人难,治病救人壮志酬。
汤药十年侍病妻,真情恩爱动神州。

五妹又洁

五妹生逢抗日年,生活工作苦难言。
南耕北电父兄带,创业成家亲友担。
开放改革天地变,国营集体两分摊。
欣逢盛世春风顺,雾散云消乐晚年。

贺太郎 22 岁生日

人生最贵是青春，一寸光阴十万金。
勾践卧薪思仇恨，鲁阳挥日战黄昏。
焚膏继晷向前拼，刺股悬梁钻课文。
两耳不闻雷雨事，不达峰顶不甘心。
苦读寒窗十六春，美中学校数名生。
智德体绩多方进，文武双全保自身。
铁杵磨针苦练劲，衔石精卫贵恒勤。
诗书读破万千卷，下笔千言倚马成。

煤地局、勘查院参观十首

煤炭地质局

中华煤探论精英，三晋尖兵数冠军。
燦炭查明八千亿，山西开发六田金。
南征北战拓新路，西气东煤两探清。
战士八千流血汗，荒山黄土换新春。
峥嵘岁月不平凡，万孔千山探水源。
长治查明太行水，吕梁找到奥灰岩。
太原勘出自流井，富矿查明甜水泉。

抢险直通救命孔，神州内外数奇观。

144 院参观感言

移民古槐不长存，三代新生栖凤林，
百鸟争鸣同奋进，千兵同唱闹翻身。
安全科技泰山重，勘探质量生命根。
尝胆卧薪复兴梦，人和天地百花春。

114 院调查感言

窑洞王庄开首篇，中苏合作探资源。
高平会战创新页，勘探质量毫米关。
北战南征战湘晋，改革开放换江山。
探明煤炭两千亿，经济年收三亿元。

金地公司感言

尖兵士气勇争先，一孔直径五尺宽。
勘探能源创新页，顶天立地苦攻坚。

物测院留言

万炮齐轰千宝山，电波微线穿煤岩。
矿层断线清晰展，陷落长园大小圈。
地面勘测矿水气，采区断陷苦攻坚。
改革下海奔国外，艰苦穿山再航天。

赠 115 院

大同千古为煤乡，双纪煤田世代长。

沉睡地中三亿载,尖兵敲醒见阳光。
粉身碎骨为民富,北战南征为富邦。
中美合开露天矿,高楼万丈满山庄。

赠 148 院

焦煤基地数功臣,开路尖兵第一勋。
西曲古交勘煤质,屯兰水压定乾坤。
吕梁煤种名天下,三晋乌金冠世名。
地质标准传世界,转型拓道又长征。
精心开拓新天地,废物沙渣磨变金。
开创河津直道孔,五湖三晋数冠军。

水勘院

水短煤长晾太行,涸鱼无水困山冈。
太原钻出自流井,媒体传闻誉四方。
水院尖兵创奇迹,岩溶水库满山乡。
黄河引水五十亿,娘子浴炊无水荒。

矿产研究院

矿产研究探地金,宝藏分类定乾坤。
优良品种精测定,一字千钧血汗凝。

资源环境研究院

资源环境扣人弦,人类生存大于天。
万马奔腾庆云利,高峰前面勇登攀。

颂勘查院成立 19 周年

地球运动日夜忙，三类岩石育宝藏。
竭虑殚精煤页气，经天纬地找金床。
资源评价鞠躬瘁，数字煤田冠群芳。
理论研究创新业，能源世界显金光。

夕阳美

夕阳陈酒两争光，引得愚翁来品尝。
酒逊夕阳三份热，阳差陈酒四分香。
天生万物本来异，地长五粮各有良。
同为人民欣喜爱，为何要论短与长。

颂航天员王亚平

亚平一梦上天宫，四海五湖颂女雄。
巾帼英雄多壮志，登天揽月胜男公。

"神十"航天员

酒泉雷响震天公，神十三人上太空。
四海英雄展科技，五洲博士显神通。
中华儿女飞天梦，世界人民盼大同。
海胜平光揽日月，十年磨剑立新功。

山村胜天堂

山村几座小楼房，后靠群山前面塘。
鸟语花香空气爽，山清水秀米鱼乡。
群英荟萃人杰地，文武风流名士场。
艰苦耕耘除旧貌，小康建设换新装。
农林牧副齐兴旺，学士军商同发扬。
生态优良环境靓，清泉动物进村庄。
长虹贯日五光放，清水蓝天两日光。
三水桃园长寿院，陆村日月胜天堂。

养生歌

一生少酒不沾烟，每日生活按点完。
三省三容严自己，四知四乐好心宽。
五伦五爱心牢记，保养六神万事安。
六欲七情勿超度，三餐八饱胃舒欢。
天天早晚田园走，梦想期颐迈步攀。

陆家三朵金花

三朵金花登教台，春风化雨润心怀。
精诚培育栋梁帅，桃李满园博士才。

清江同志

青山花月靓并州，江水滔滔四海流。
同恋煤乡添锦绣，志为华夏解民愁。

鹧鸪天·团圆

　　三晋伏天连雨频,陆家三辈莅龙城。千红万紫迎洪翙,万里团圆喜眉心。　　思往事,议当今,文盲几代不识丁。今朝博士名中外,山汉翻身做主人。

贺唐槐诗社成立十周年

　　　　十载耕耘有苦甜,唐槐根叶换新颜。
　　　　百花齐放春光艳,千鸟争鸣秋月圆。
　　　　物换星移科技展,登天下海凯歌还。
　　　　青丝白发同挥笔,反腐倡廉黎庶安。

一剪梅·女排闹复兴

　　尝胆卧薪闹复兴,苦练三春,掉肉三斤。球坛世界比明星。激战五城,连胜五城。决战中巴龙虎争。世界关心,胜负难分。八仙过网显奇能。攻扣千钧,稍逊郎平。

五旗岭风光

五旗岭上雾云升，绿水青山带笑眉。
玉兔青龙来戏水，鲤鱼白马跳龙门。
西山鸡叫五湖亮，东海日出四海明。
人道山川风景好，千秋万代育明星。

颂煤矿职工

煤矿职工梦恋山，披星戴月献能源。
顶灯背电一双手，揭巷开山两铁肩。
综采机前尽精力，金刀尖上铲煤翻。
一腔热血洒煤海，天下人间少馁寒。

湖楼胜地参观五首

游太湖

太湖浩荡不知边，遥望前方水淹天。
碧水蓝天同一色，龙宫玉殿两争妍。

登黄鹤楼

清艳同登黄鹤楼,山川风景眼前收。
白云银燕空中舞,青雀黄龙下海游。
钟伯琴台响天下,龟蛇昂首锁江流。
依稀仙鹤今犹在,游客吟诗频点头。

娘子关

平阳公主扼咽喉,一女当关万将愁。
无水为炊难保久,玉皇借水解人忧。
天生花果水帘洞,地冒温泉岩缝流。
关口天公垂瀑练,银河帘布冠全球。

初登吕梁山遐想

吕梁高耸入云端,仰见嫦娥在眼前。
伸手想摘天上月,心愁地面怕黑天。
汲取黄河天上水,灌浇三晋北山园。
山西妇女开心笑,借水为炊不再烦。

柳州访友

行程千里访胡君,柳水滔滔诉痴情。
三十春秋圆美梦,笼中臭九变红人。
财经老总一支笔,亲手一审千万金。
倘使当年不与便,英雄依旧老书生。

贺文秀洪晓宁新婚

天地姻缘红线牵，千山万水两情甜。
鸳鸯龙凤永相伴，比翼双飞乐百年。
文秀晓宁两有缘，湘南淮北爱心连。
同心连理共前进，相敬如宾福寿全。

勘探尖兵忙

忆昔勘探战山冈，戴月披星日夜忙。
一载回家十五日，夫妻恩爱洗衣裳。

迎泽 22 届菊展杂感

双龙珠戏令人惊，双凤朝阳恩爱深。
槐树移民奔四海，鲤鱼戏水跳龙门。
雁门关塞五洲冠，太行精神万代新。
双塔巍巍顶天地，黄河滚滚要翻清。
唐风宋韵今朝咏，隐士陶园菊月芬。

狮子迎人张口笑,煤田开发扭乾坤。
改革开放山河变,三晋煤山大复兴。
更喜公园新面貌,红男绿女放歌声。

晨练

清晨拳友聚公园,吐故纳新空气鲜。
拔背含胸丹沉气,腰身转动步移前。
垂肩曲肘目平视,后坐前推手搬拦。
活血舒筋练身健,延年益寿乐无边。

赠煤勘老战友二首

陆文忠夫妇

北飞南雁少年郎,雪地荒山探宝藏。
矿井开煤共风险,煤田创业又同行。
十年勘探如兄弟,三载农耕两手帮。
劳燕分飞苏晋地,每逢佳节倍思量。

赠文炎学兄

文才万卷胸内藏,炎裔青年多栋梁。
岳麓千山寻矿脉,长江万水探金床。

心身似火红辣辣,康体如金亮堂堂。

幸得改革开放果,福星高照满屋香。

人生自古有劫难,世事沧桑百味全。

秋雨无情吹落叶,冬冰有意令松寒。

千山雪冻腊梅放,万水冰澌鱼跃渊。

喜睹五湖春浪涌,天翻地覆又尧天。

一剪梅两首

重阳

曾记钻机过重阳。一碗清汤,一碗黄粱。红颜男女战山冈。你奔东梁,我上钻场。弹指青丝两鬓霜。南面花香,北地秋凉。幸逢盛世好风光,民富国强,华夏安康。

百花香

秋雨秋风双抢忙。刚过中秋,又是重阳。翻田秋种百花香,日夜田园,遍地收藏。今朝铁牛耕种粮,农民闲凉,又喜重阳。欣逢盛世好风光。心喜国强,四海安康。

九十抒怀

两纪沧桑风雨频,南征北战闹翻身。

三山推倒换天地,百姓当家做主人。

饮雪餐冰寻宝藏,卧薪尝胆建乾坤。

青春热血献煤海,歌赋诗词满草林。

生性刚强似野牛,山川水草度春秋。

两足踏遍湘晋路,双手解开黎庶愁。

钻探查明万山宝,罗盘测出五洲油。

一身热血洒天地,弹指夕阳霜满头。

新桃园赋

晋太桃园记,今朝重问津。

专程寻故地,旧貌换新春。

水秀山清院,花香鸟语村。

村边松柏翠,院外满桃林。

明月松梢挂,太阳水库升。

莺歌燕舞美,男女同心耕。

无噪声之乱耳,无褒贬之争鸣。

无地震之忧虑,无水灾之扰人。

有中华之正气,无邪念之私根。

天地人三顺,人民亲五伦。

全村同奋进,齐往小康奔。

今世重农策,三农免税征。

千山百花放,五谷四时芬。

户户多粮富,家家有剩金。

科学开富宇，文化建新军。
昔日文盲不识丁，今朝清北有书生。
园里人人献精力，岩泉清水自流门。
三水村中多长寿，千人兄弟耄耋昆。
桃园早开放，世外已联姻。
陶令曾向往，桃园今日真。
中华圆美梦，天下万民钦。

割尾巴

笑忆当年割尾巴，私人买卖四方抓。
银工藏蛋煤筒里，车站没收还受罚。
妻子骂他无本事，生儿无蛋闹分家。
雪泥鸿爪一场梦，滚滚黄河一浪花。
刘家媳妇走娘家，篮内衣包一只鸭。
谁料途中被发现，没收全部又罚她。
今朝回忆荒唐事，百代千秋笑掉牙。
开放改革天地变，物丰商贸送天涯。

谭甜酒

香酒酱甜飘五洋，人闻香味醉心肠。

问声甜酒何方有,人道晋湘谭大娘。
自古人生梦长寿,全球难找妙生方。
醪糟益寿春常在,翁媪耄耋身健康。

悼战友亲人三首

李文炎学兄
洞庭荆楚本同乡,母校分飞各一方。
黔气三天两风雨,霜飞六月令民伤。
鸳鸯比翼双飞梦,孤雁流逐到僻岗。
盛世欣逢宜并寿,传闻噩耗泪飞扬。

悼远忠哥
童小砍柴同并肩,校园劳动两身担。
逃荒抗日同风雨,北战南征只等闲。
物换星移常眷念,寒天暑夏电波传。
突闻噩耗仙游去,万水千山泪湿衫。

悼李素清老友
素清一世历艰辛,一片丹心为庶民。
炮火连天上一线,枪林弹雨献青春。
煤田地质开新宇,三晋能源领万军。
壮志红心献煤海,清风两袖万民钦。

一件衣百人心

父亲担米柴，为子作衣襟。
拂晓入街市，黄昏方卖薪。
量身买布匹，缝件校服新。
日落求人作，儿急如火蒸。
取衣黑夜跑，胆战又心惊。
忽父高声唤，心中热泪倾。
神州父母爱，时刻照人心。
后代当忠孝，千秋难报恩。

赞双胞姊妹

东家天降一双姝，天色红颜冠丽淑。
闭月羞花一样貌，沉鱼落雁似同株。
家人常逗心中喜，父母亲如掌上珠。
邻友人人夸口笑，行人相遇久驻足。
春来秋去双飞翼，下海飞天两步行。
艰苦耕耘大同世，为民服务尽精心。
耄年梁上双胞凤，日夜常言话逝春。
天地人和山水美，常思梦想百年新。

怀念岳母

人生不满百年秋，心里常怀千岁忧。
勤俭持家苦寓乐，相夫育子乐悠悠。
成群儿女心中喜，教养成人壮志酬。
乳燕分飞四面去，空巢独守不言求。
土改风云震地球，弃家寻子度春秋。
包头大庆衣食暖，三晋昆明气候优。
苦尽甜来梦里乐，耄年乘鹤上天游。
亲人一去不回返，儿女千秋空泪流。

一剪梅·赠老伴 83 岁生日

风雨同舟六十秋，苦也同粥，甜也同酬。洞房棚户更风流，南雁雎鸠，蜜月悠悠。下放信书寄子邮，湘晋分流，南北心愁。耄年中外报新猷，喜在眉头，乐在心头。

贺志怀小湘天命年

韶山圣地出英才，艰苦耕耘壮志怀。
一片冰心为四海，百花绽放育梁材。
教鞭千指洒心血，桃李无言蹊自开。
创业成家学典范，清华学子步尘来。

读《唐槐诗选》有感

五百诗词靓晋台，百花齐放喜春来。
千家翰墨清平乐，虎鼠闻风也胆衰。
三晋黄河浊水湛，吕梁太岳鸟开怀。
唐槐枝叶创新色，万紫千红遍地开。

一字亿万元

开放改革引外援，露天朔县美中谈。
矿名平鲁有争议，平字一加亿万元。

“嫦娥三号”落月成功

伐桂吴刚苦闷多，今朝三妹奉陪哥。
升天落月创新事，华夏英雄喜泪歌。

赠煤勘战友六首

贺永泉及山东战友

泰山南岳两并肩，齐鲁三湘育圣贤。
四海五湖喜相会，东西南北庆团圆。
西山勘探战冰雪，太岳水源共暑寒。
风雨同舟战煤海，青丝相伴到头斑。

赠李步禹及书画老友

吕梁南岳育英雄，天宝物华藏虎龙。
美酒葡萄甜四海，陈醋香味五洲浓。
风流人物百家在，铁画银钩似草虫。
颜柳筋骨珠玑字，煤田地质一代红。

候鸟校友

开放改革新事多，北方候鸟恋南柯。

一年四季穿梭转，海角天涯租鹊窝。
老友多年想康健，儿孙常盼寿福多。
亲朋相约联欢住，同梦期颐共唱歌。

赠朱先清及湘煤局战友

有缘千里会襄垣，大战高平过五关。
书院凤凰初展翅，南征北战尽欢颜。
狂风暴雨惊天下，揭地翻天红满山。
回首当年一场梦，福康长寿乐天年。

煤勘十枝花

煤勘三晋十枝花，飒爽英姿锤手拿。
下海淘金万辛苦，登山探矿乐千家。
神州妇女多鸿志，不爱红装恋野葩。
热血青春献煤海，红心浇铸富民瓜。

煤勘十条龙

煤海并州有十龙，翻山下井找龙宫。
王庄会战尽精力，王矿救灾著大功。
平朔治泉揭秘路，太原会战探岩溶。
承前启后开新路，三晋煤田满地红。

贺太原联谊会成立 14 周年

马年战友会江南，万户千家乐梦圆。
中外嘉宾话肺腑，国强民富万民安。
同舟共济战风浪，肝胆一心苦克关。
踏遍山川身体健，青丝白发笑开颜。

致家乡侄甥

人生难得有真诚，一片丹心为陆门。
修路耕读流血汗，开山绿化献青春。
三才和顺山川美，众志成城土变金。
山汉红心向着党，人欢水笑鸟语亲。

步李老师诗国长城韵

百里衡山画卷长，诗书草圣誉资湘。
洞庭鱼跃杜诗美，长岛人歌毛墨香。
柳庙渔翁迷楚客，斑竹血泪恋牛郎。

乌金锤出八千亿，秦晋能源居世强。

附：李旦初老师原诗

六里长堤饰画廊，诗潮墨浪涌沅湘。
芙蓉出水清词美，兰蕙迎风丽句香。
泽畔吟怀迷谢客，竹林词韵醉刘郎。
金声玉振三千里，铸就寰球第一墙。

师兄亲友赠诗

贺陆远昭诗词出版
晋事从来赖楚材，梗楠丽质丽唐槐。
儒林蓍艾松风健，诗卷琳琅位在魁。

山西大学白文老师

谢白文老师赠诗步韵一首
楚雁衡山一布才，黄河寻梦拜唐槐。
长城内外查金宝，三晋能源冠世魁。

贺陆远昭诗词成帙
米寿楹书卷，松风扑面来。

何惊箫剑事，细检矿原煤。

久别洞庭浪，常邻冷艳梅。

男儿当效行，换得寿心回。

原槐诗社副社长郭翔臣

步韵贺陆远昭诗词出版

湖湘雨雪百年材，却话河汾接楚槐。

探宝修文留后誉，儒林已为唱名魁。

郝金梁

步陆远昭八十抒怀韵相酬

风华正茂忆当年，共砚同窗岳麓山。

伏虎晋煤酬壮志，望乡资水未归田。

八旬犹似四旬貌，绿满高原白满川。

闯过期颐并非梦，届时衣锦大联欢。

李文炎《贵州梵净山韵》主编

卜算子·致陆兄远昭

我踏大江南，君往黄河岸。露宿风餐找宝藏，共把青春献。

华夏振雄风，社会和谐建。献了青春献子孙，谁也无尤怨。

赠陆远昭老战友

南征北战显荣光，立德立言写典章。

歌颂人民歌颂党，尖兵业绩世流芳。

广西吴志进

贺陆远昭八十大寿

晚晴路上学楚狂，西访友邦过重洋。

道德文章堪称世，羽扇纶巾显国光，

建功国家般般在，为泽邻里处处香。

公我同歌盛世好，童颜鹤发伴斜阳。

清波垂柳芦江水，墨甜书香树德庄。

学武习劳王岭下，甘露玉浆龙井乡。

而今高堂南山寿，正是满屋五世昌。

拙作一言意难尽，金樽万愿期颐觞。

东安教师周珍

贺陆远昭八十大寿

陆家世代显忠良，敬业为民名誉扬。

儿辈弟兄攻博士，神州内外创辉煌。

椿楦并茂四世庆，昆玉竹林聚满堂。

为弟前来祝鹤寿，龄同日月放光芒。

东安易恢柄

赠楹联两副

远有声誉登高远，昭德功绩永传昭。

远播政绩声誉美，昭彰浩气世人传。

贺陆远昭先生八十大寿

龙城挚友八十寿，鹤发童颜不老松。

满屋添筹庆祝贺，丹霞映日满天红。

远志宏图北上求，昭彰业绩德才优。

君征南北开新路,好友同歌乐无忧。

湖南易广文

贺远昭前辈九十大寿

从小学习刻苦忙,年华弱冠振家邦。
风华正茂创新业,为民为国两肩扛。
潜心煤海六十载,艰苦耕耘著彦章。
总理躬亲问晋水,中央接见世流芳。

东安陆家国　家友

曾昭森赠诗一首

有德有才,鹏程远大。
为国为民,政绩昭著。

东安中学教师

贺陆远昭九十大寿

少年三晋喜逢君,同为龙城献爱心。
踏遍千山寻矿产,勘查万井探乌金。
百家争鸣谈构造,百舸争流论水情。
秋实春花忘日月,南征北战八十春。

太原会友萧菁英、武胜忠、苑连珠、马履晋

南乡子·赠陆远昭同学

锦绣美神州,吐气扬眉世界讴。今古风流多少事,浩浩长江滚滚流。　　国际谱春秋,港澳回归震五洲。中国英雄谁敌手,你我

237

如狮如虎喉。

湖南校友孙伯乐

祝大哥九十大寿

岁月留珍贵似金,一诗一句力千钧。

天灾人祸山河泪,家恨国仇超海深。

千万工农闹革命,三山五害扫除清。

幸福源自救星党,致富安邦解放军。

小弟远晶

为同窗陆远昭九十寿辰而作

中南甲午奔山西,地质尖兵奋铁蹄。

踏遍吕梁和汾水,春秋五十拼搏兮。

年华九十不言老,有事面向总理提。

胸有晋煤八千亿,而今只作唱晓鸡。

江西校友邹龙呈

师兄亲友来信

陆老:大作《岁月之歌》拜读,十分感人。特别是你以那四字一句,铿锵有力的语言,来表述坎坎坷坷的人生道略和深刻的人生感悟,时而催人泪下,时而令人叫绝。

你走遍了大江南北,见多识广,如能从小处着手,大处着眼,多写点一景一感的短诗,七律或绝句,那将是很有看头的,请将近

238

作寄来。谢谢你赠书,谨颂春安。

唐槐诗社副社长黄文辛 2011.03.24

远昭年兄:

来信及大作收到,万分高兴。读了你的七言诗四首,感觉很好,诗的押韵是正确的,诗句韵味也很好。没有专攻诗词而能写出这样的诗是难得的。建议你购本有关诗词方面的书看一看,结合自己写诗实践,总结经验,必定取得更加辉煌的成就。

关于诗的平仄问题,我想解析一下,中国的古诗是只讲押韵不讲平仄的。

到了唐代才讲求平仄声调,这种诗取名近体诗。以前未讲平仄的叫古体诗。

如果不懂平仄就写古体诗也是一样的。我最近又编了《梵净山风韵》第五期。

你既然喜欢,现寄上一本供雅玩。就此搁笔。

祝春节快乐,全家幸福。

贵州《梵净山风韵》主编李文炎 2002 年元月 27 日

远昭学友:

寄来的信和诗稿都已收到,请勿念。

你写的诗,总的来说都很好,好在有感而发,情真意切,并非无病呻吟,但按旧体诗格律要求,尚有少数欠妥。因为我们是老同学,便不揣冒昧遵嘱作了点修改,但不一定恰当,供你参考而已。

帮人改诗这件事,的确是一桩辛苦事,尽管如此,我还是为你认真地拜读了两遍,尽了我最大努力提出了我的看法,肯定还是不能满足你的要求,请你原谅。

诗词出版的编排顺序，有多种选择方案如：1 按写作时间；2 按体裁：古风、律诗、词曲等；3 按内容：感事抒怀、咏物抒情等。按你的诗词内容，选第一种即可。请自己考虑。暂时写这么多。顺祝身体健康，合家幸福。

《南京诗词》副主编王朗秋　2006 年 10 月 26 日